Himmelsland

Jean Odermatt
Himmelsland

Scalo Zürich – Berlin – New York

Die Aufnahmen entstammen dem Bildarchiv des Gotthardprojektes.
Das 1983 begonnene Projekt ist eine Recherche über die Gestalt einer Landschaft
inmitten der europäischen Alpen.

Spezieller Dank an meine Frau Gabriela Odermatt Wick und meine drei
Kinder Evamaria, Seraphin und Pamina, ohne deren Nachsicht sich die Radikalität
des Vorhabens nicht hätte realisieren lassen.
Mein Dank geht auch an den Gestalter Hans Werner Holzwarth, an Angelika Stricker,
George Reinhart sowie an Erwin Stegmann, der mich in die Fotografie einführte.

Jean Odermatt – Himmelsland
Gestaltung: Hans Werner Holzwarth, Berlin | Lithos: Gert Schwab / Steidl, Schwab Scantechnik, Göttingen | Druck: Steidl, Göttingen
© 1997 für Bild und Text: Jean Odermatt
© 1997 für diese Ausgabe: Scalo Verlag AG, Weinbergstrasse 22a, CH-8001 Zürich, Tel. 41 1 261 0910, Fax 41 1 261 9262

Alle Rechte vorbehalten. | Erste Auflage 1997 | ISBN 3-931141-70-5

Ich widme dieses Buch meinem Vater, der in seiner Jugend den Traum in sich trug, Sternegucker zu werden.

02.02.89 – 14:10

8 | 24.08.92 – 18:20

07.09.89 — 19:05 | 13

14 | 14.07.85 – 21:08

14.07.85 – 21:30

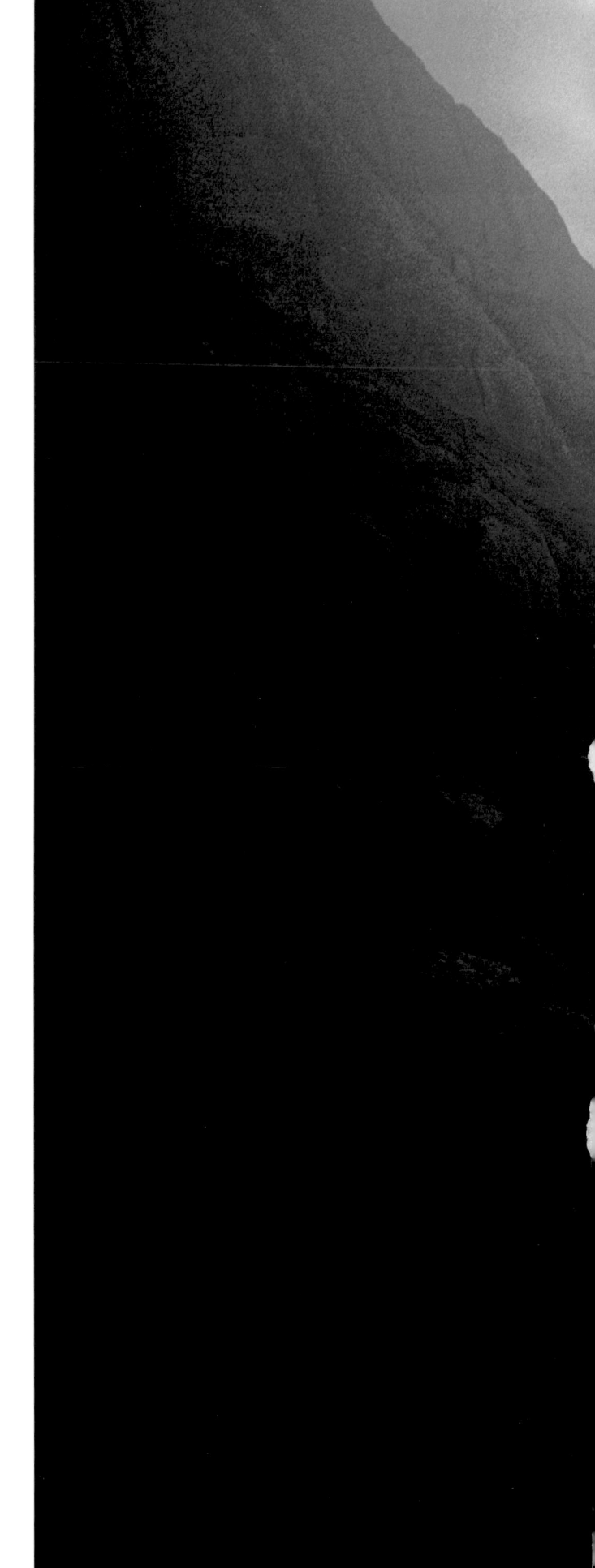

30 | 08.01.89 – 14:15

32 | 18.11.86 – 15:56

29.05.87 — 08:27

36 | 03.02.86 – 07:56

08.01.86 — 8:10 | 37

38 | 04.11.86 – 07:40

06.11.86 — 07:59 | 39

11.09.92 – 18:30

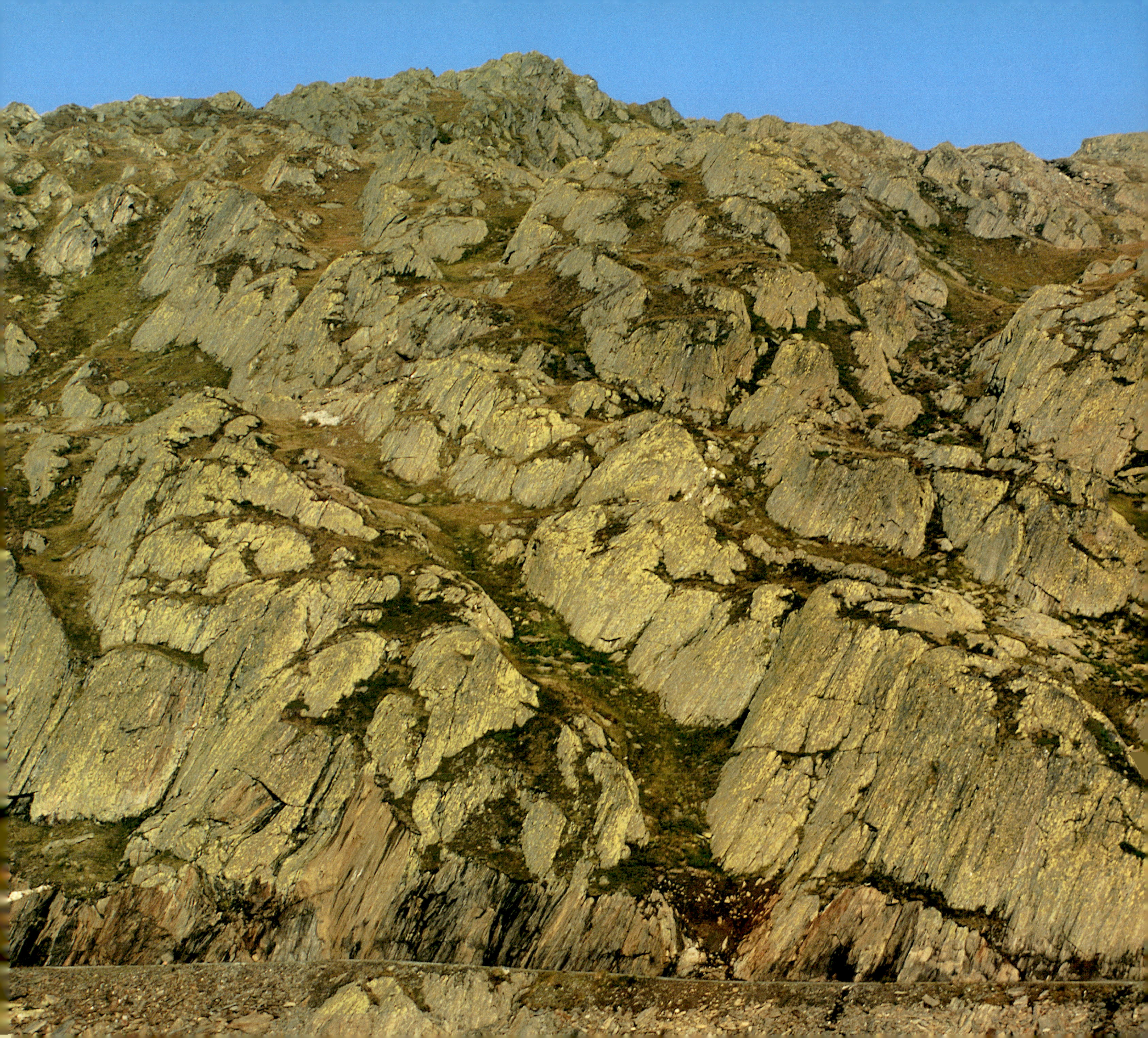

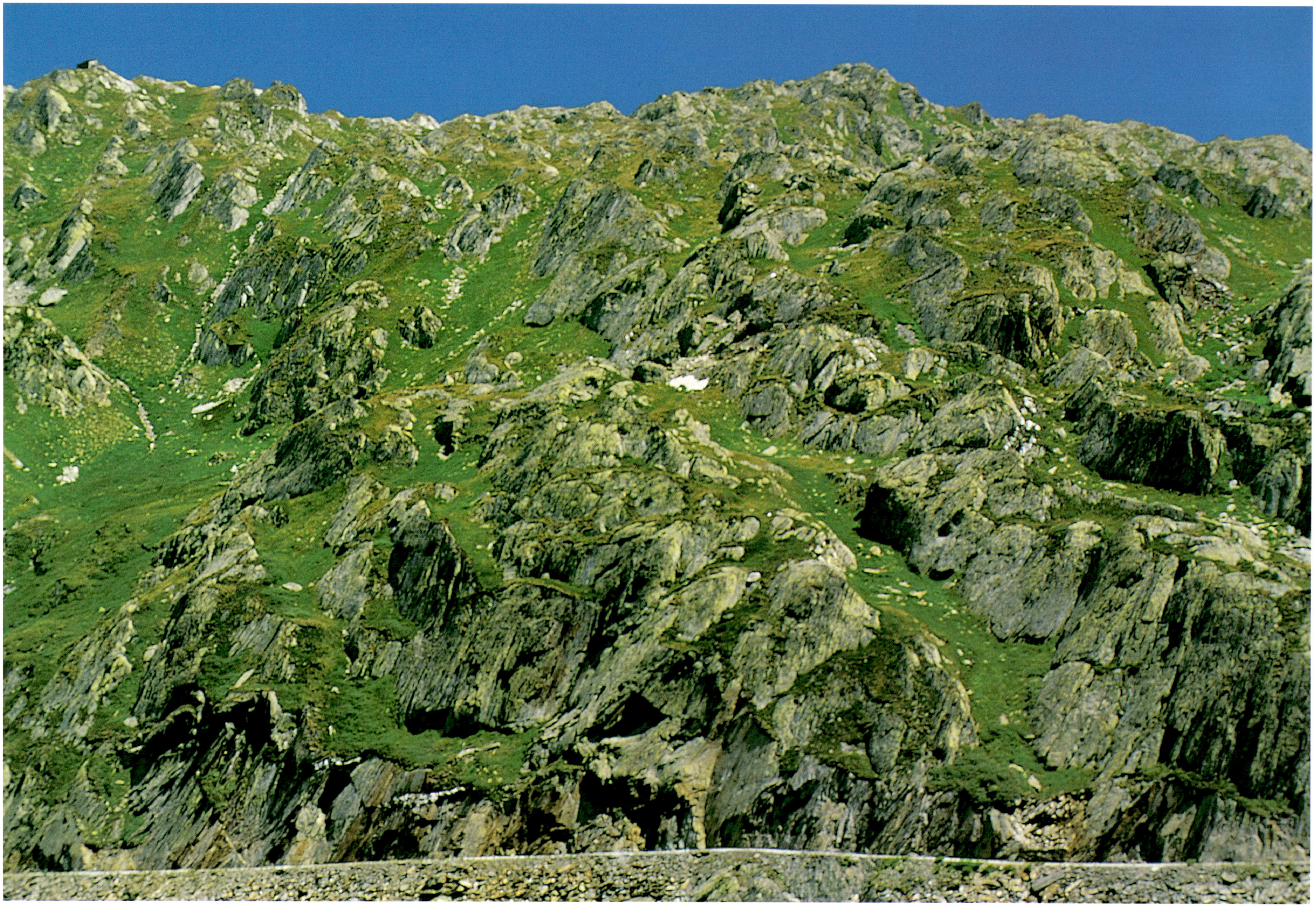

15.10.92 — 15:10

06.10.92 — 13:00 | **45**

46 | 14.02.84 – 09:20

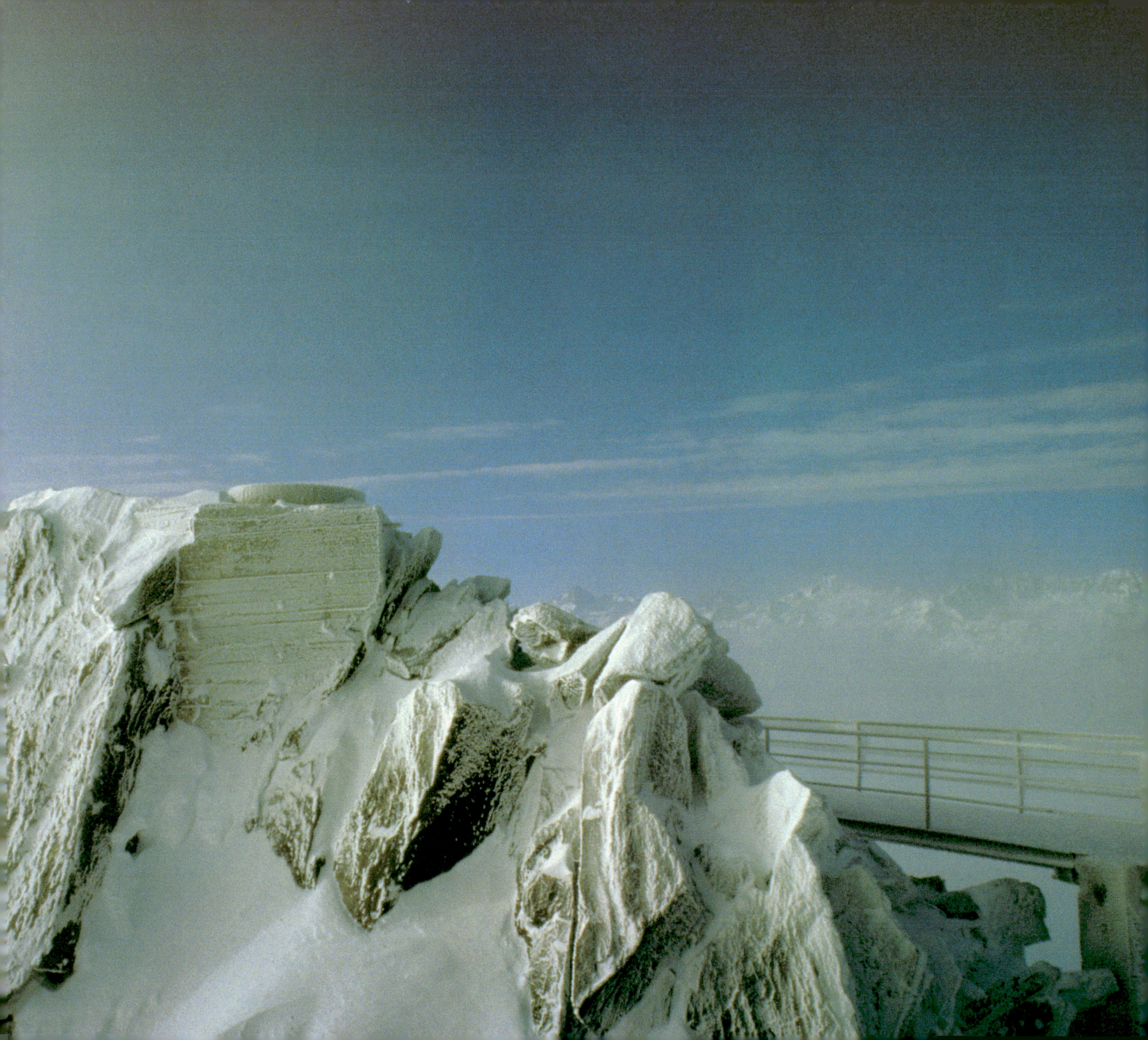

48 | 08.08.84 – 14:11

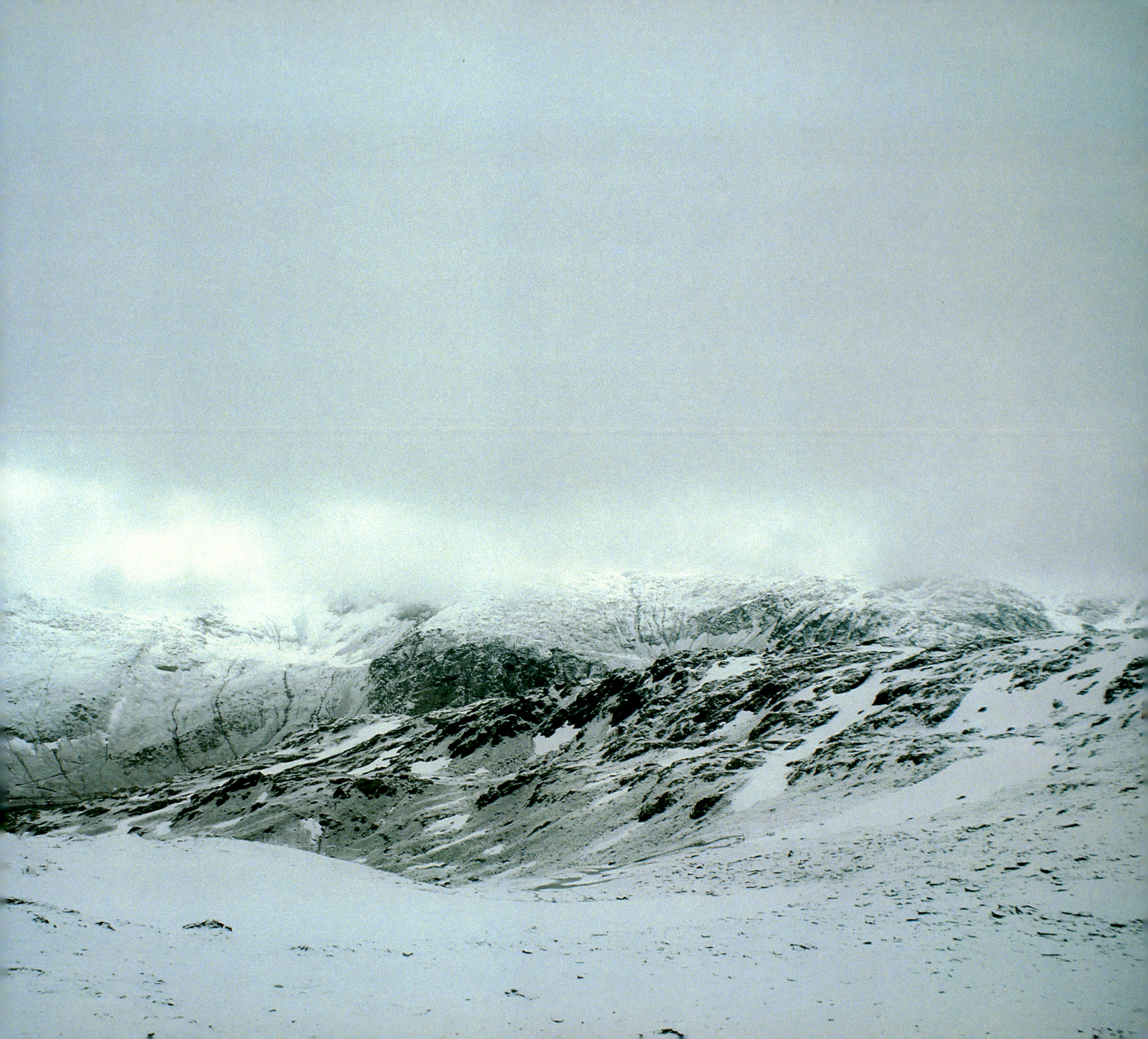

50 | 13.01.89 – 09:01

13.01.89 – 08:50 | 51

52 | 07.01.89 — 09:00

19.01.87 – 08:15

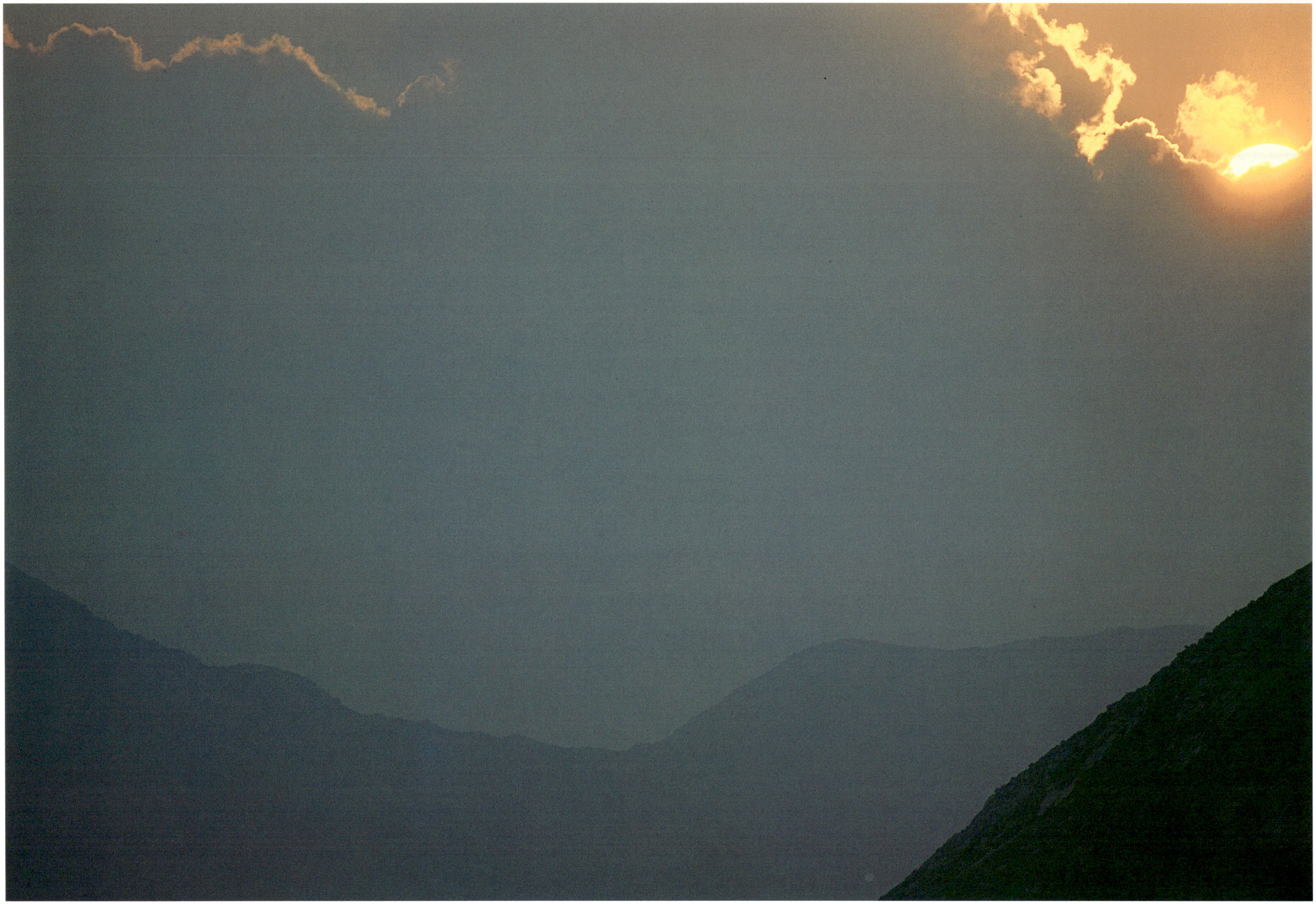

04.08.90 — 20:30

56 | 14.10.92 – 17:21

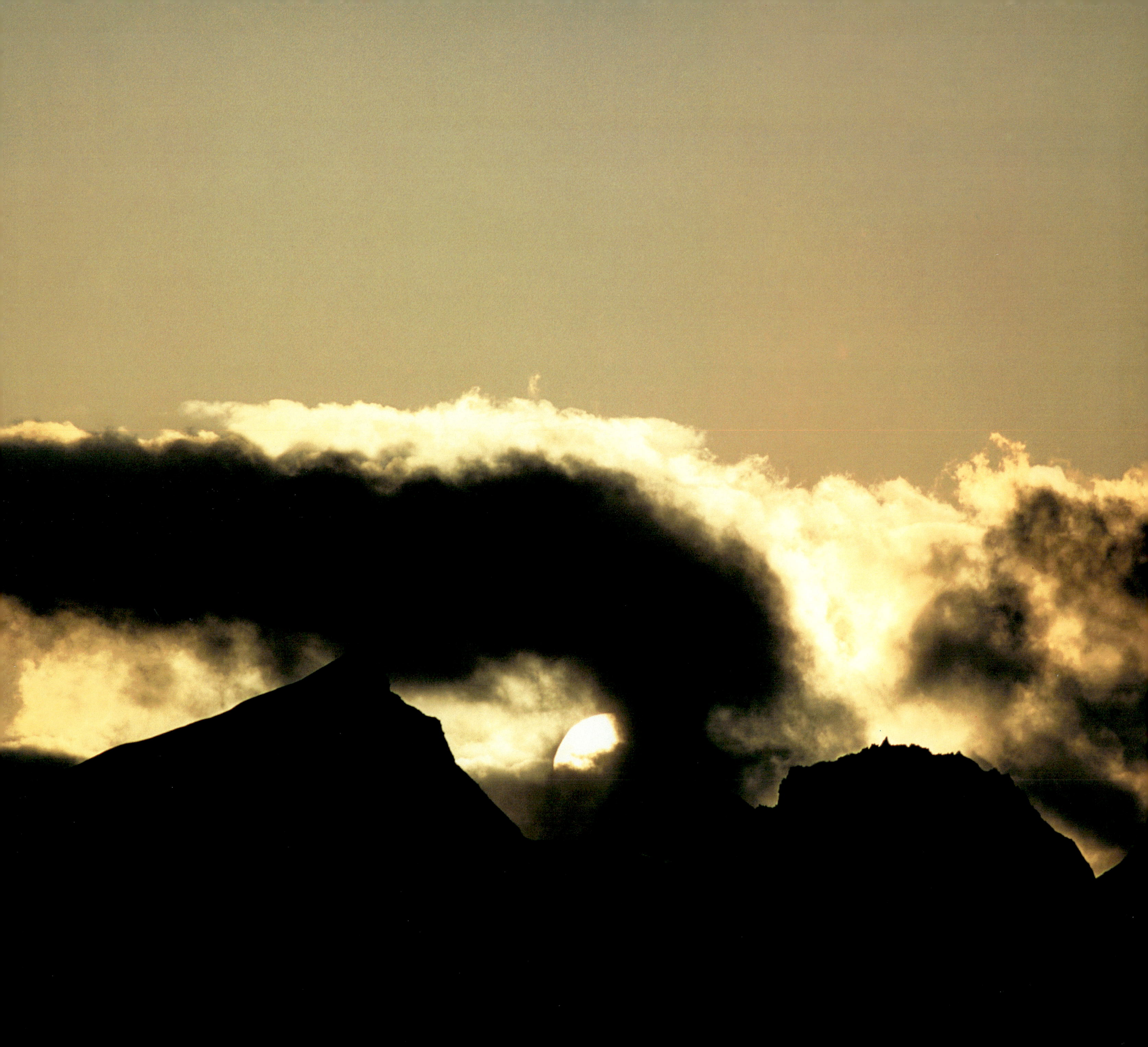

05.10.95 — 10:45

60 | 29.07.84 – 20:48

12.10.85 – 17:47 | **61**

62 | 12.10.85 – 17:45

10.10.85 – 18:05 | **63**

14.01.89 – 16:58 | **65**

66 | 14.01.89 – 16:00

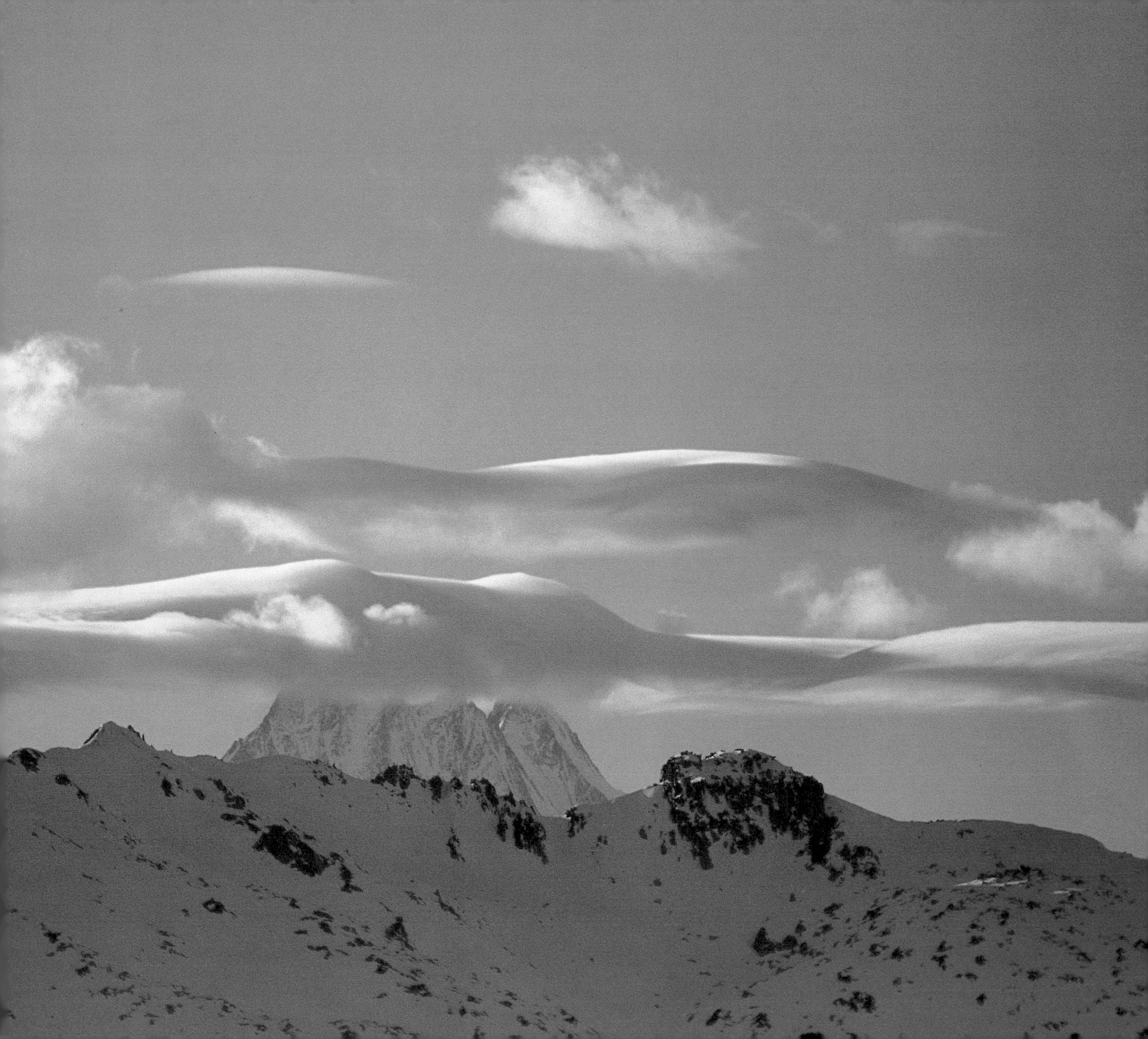

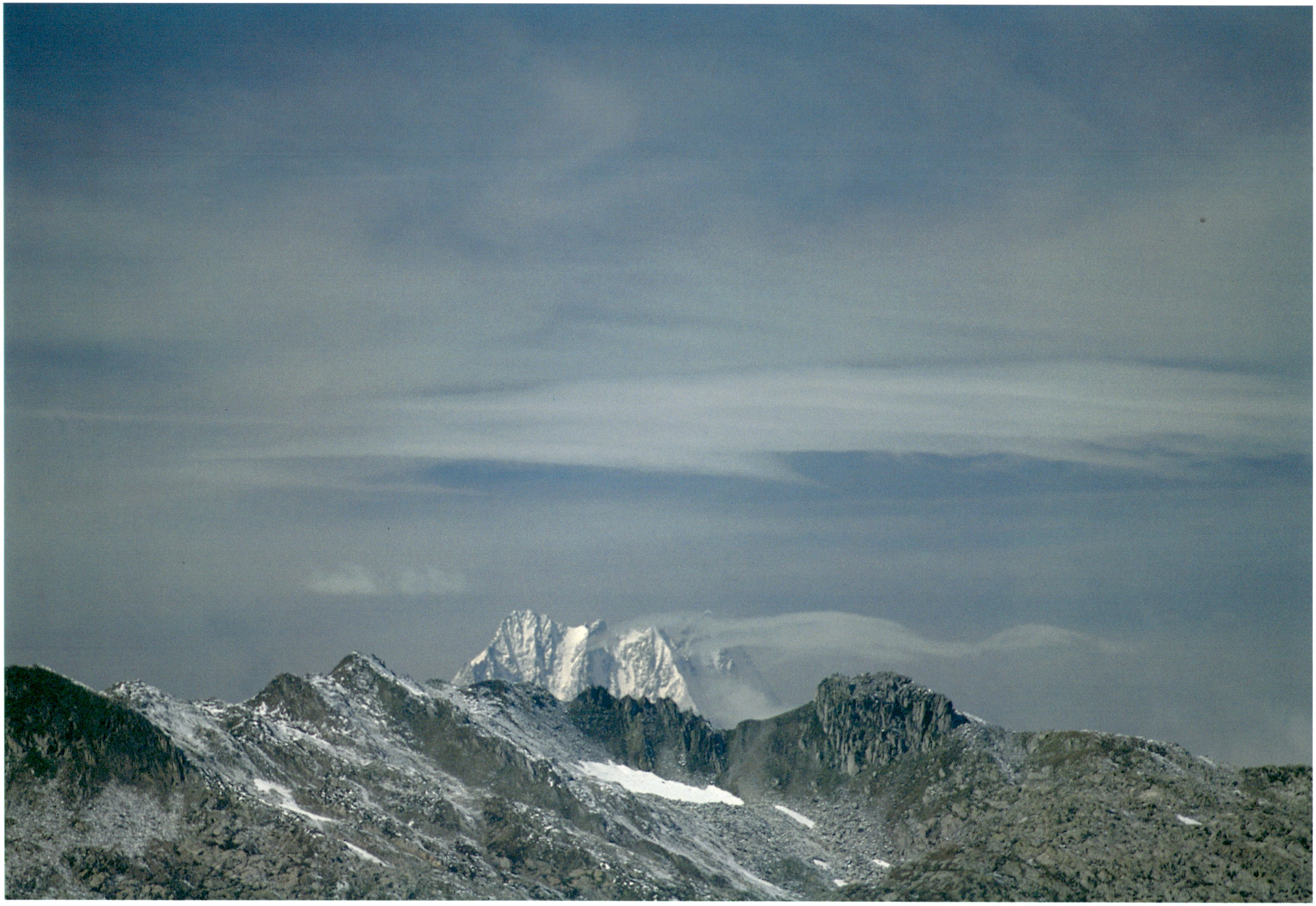

15.09.91 — 09:40

70 | 14.10.92 – 17:35

19.08.90 – 07:00

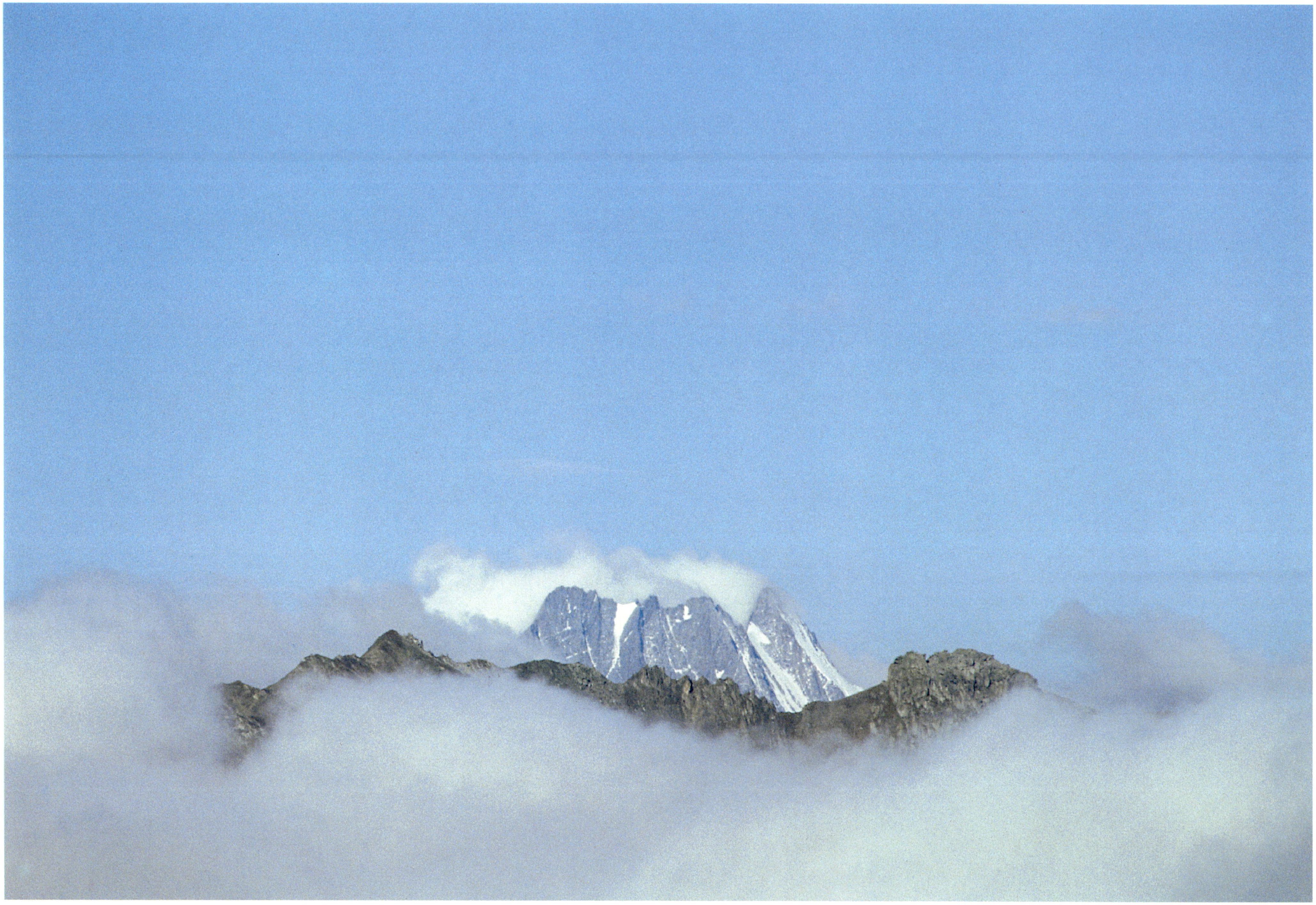

14.10.92 — 17:00

12.09.88 – 12:20

31.01.89 – 17:23 | **75**

76 | 14.10.94 – 10:00

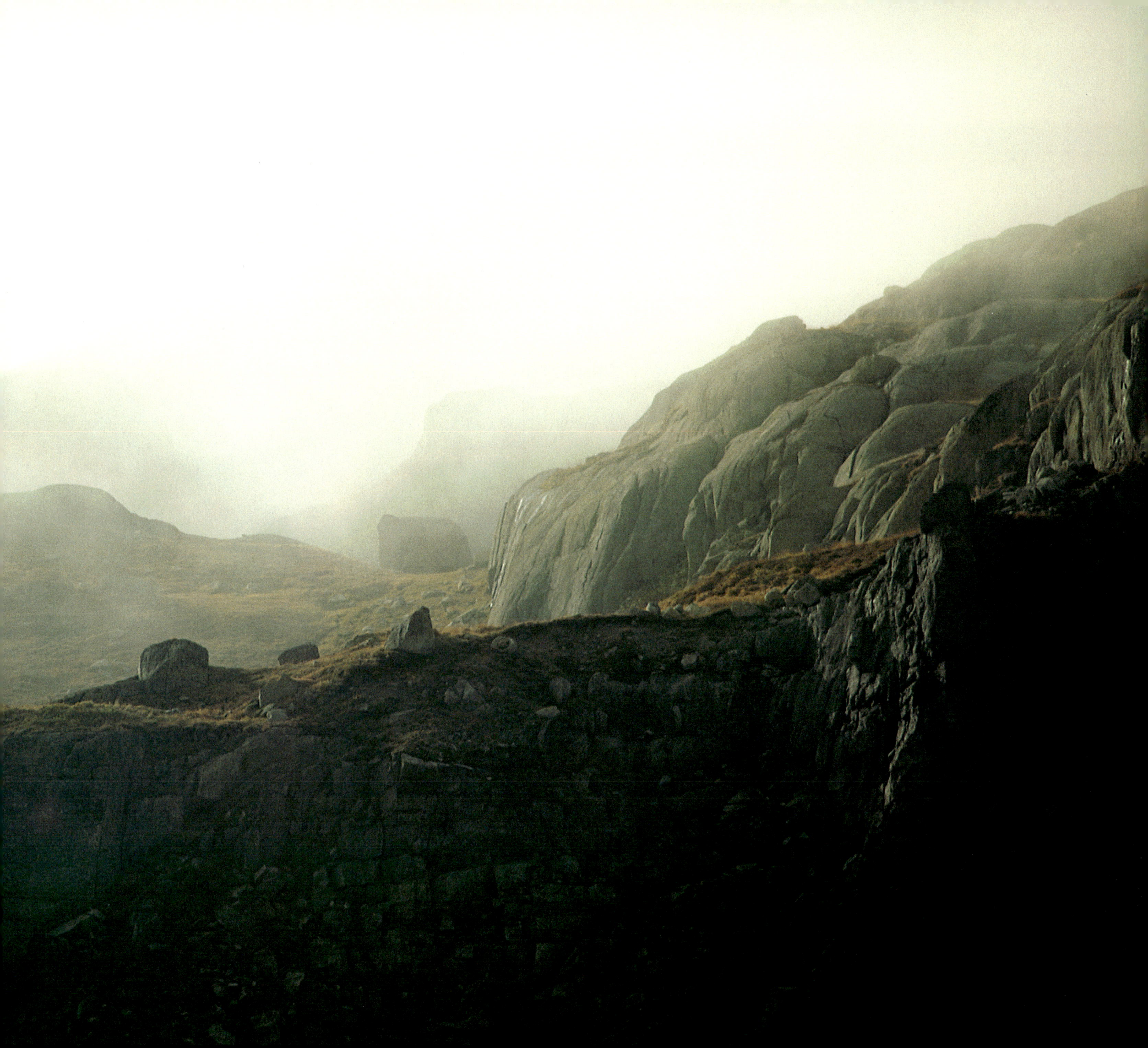

78 | 16.08.85 – 12:24

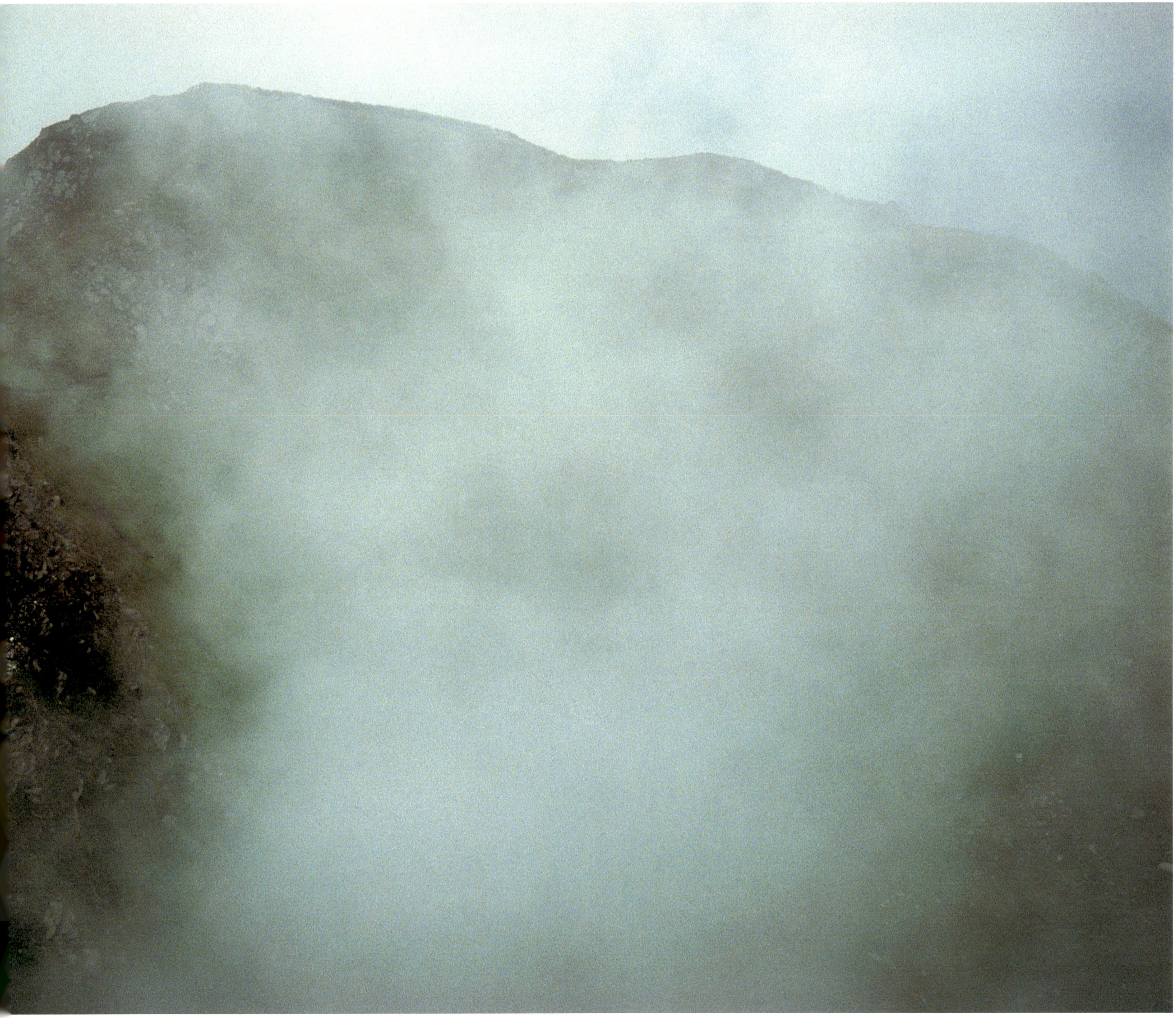

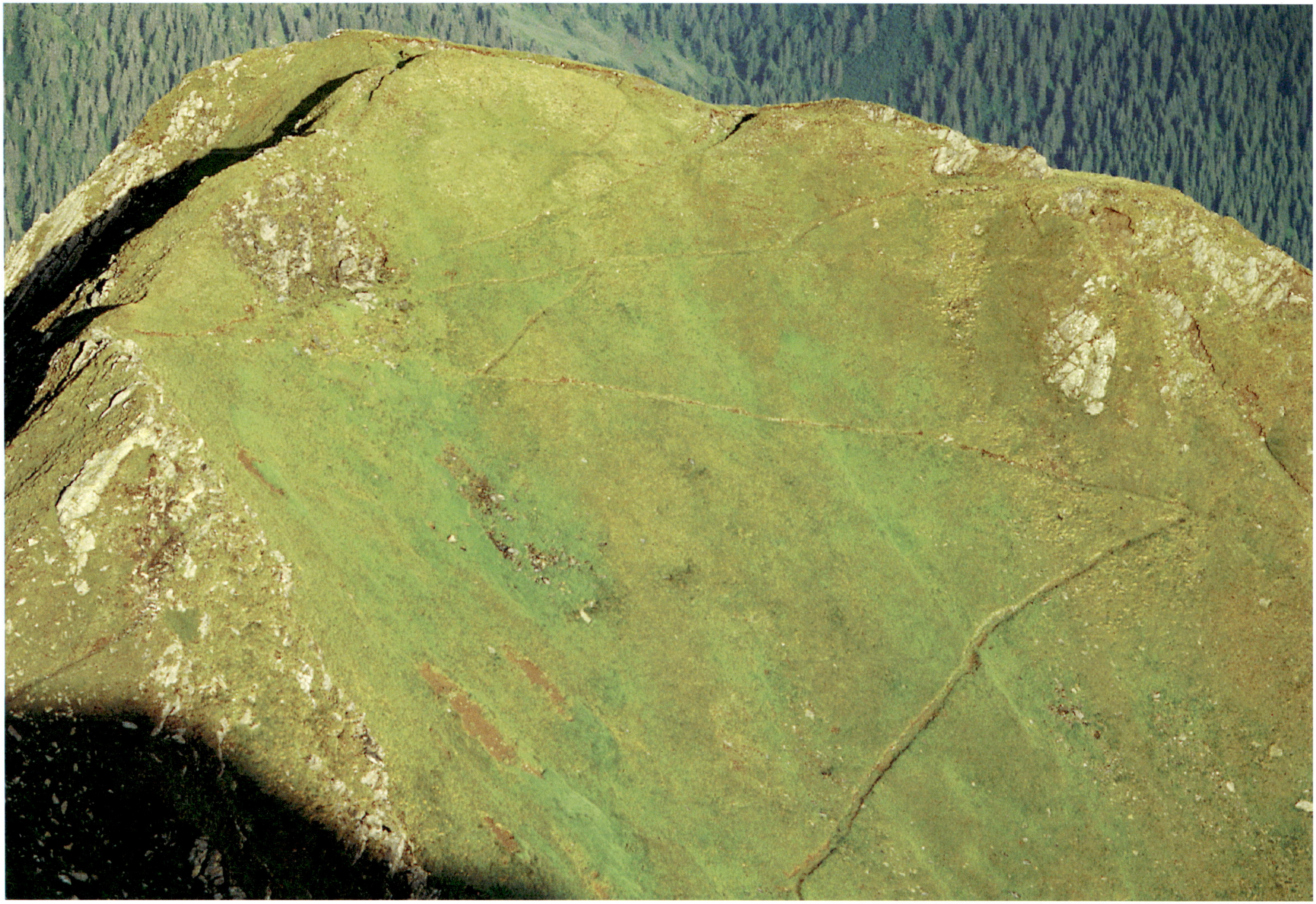

28.09.85 – 18:44 | 81

82 | 23.10.85 – 17:03

04.07.85 — 14:20 | 83

84 | 05.09.92 – 19:00

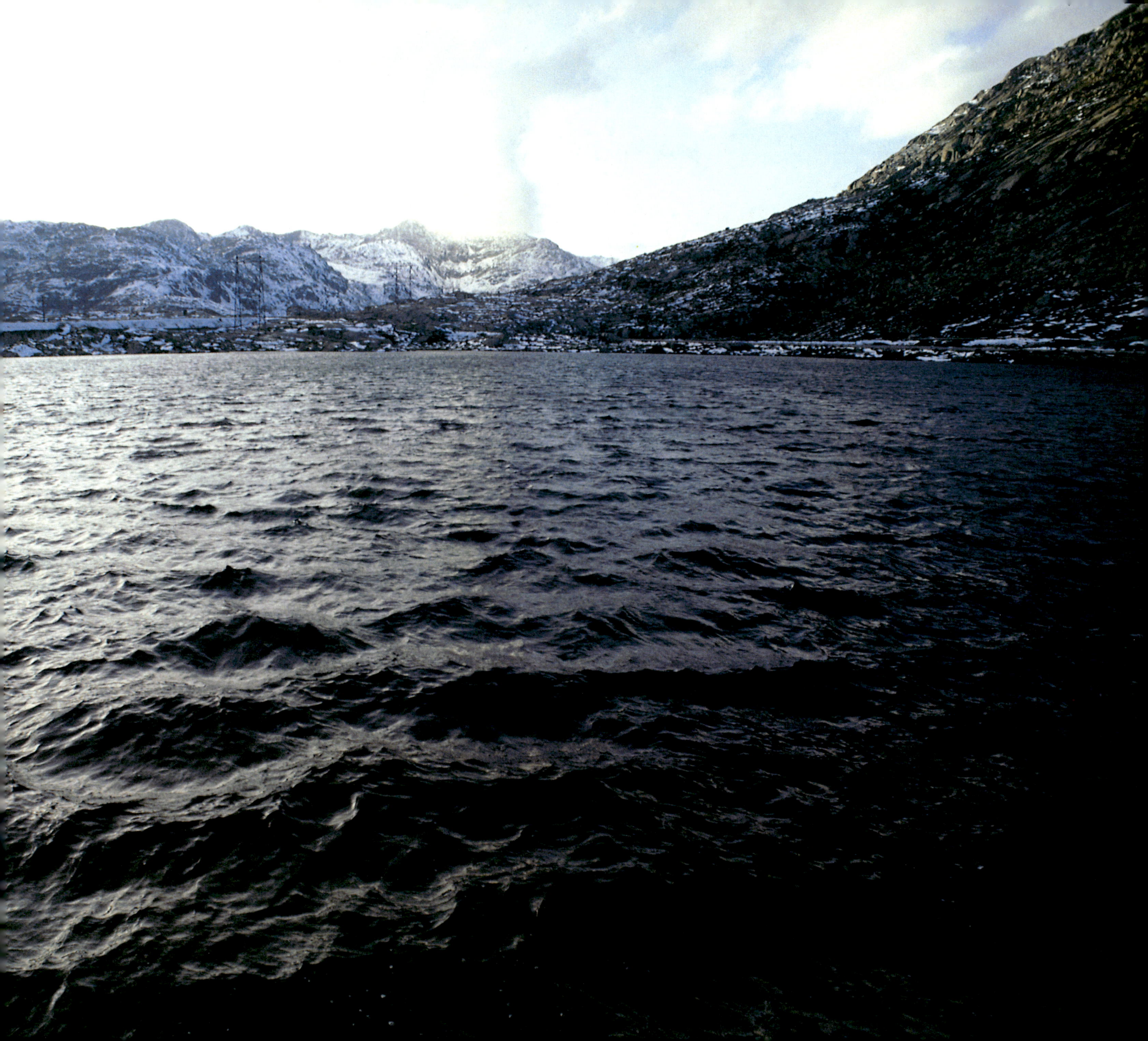

86 | 06.09.92 — 08:15

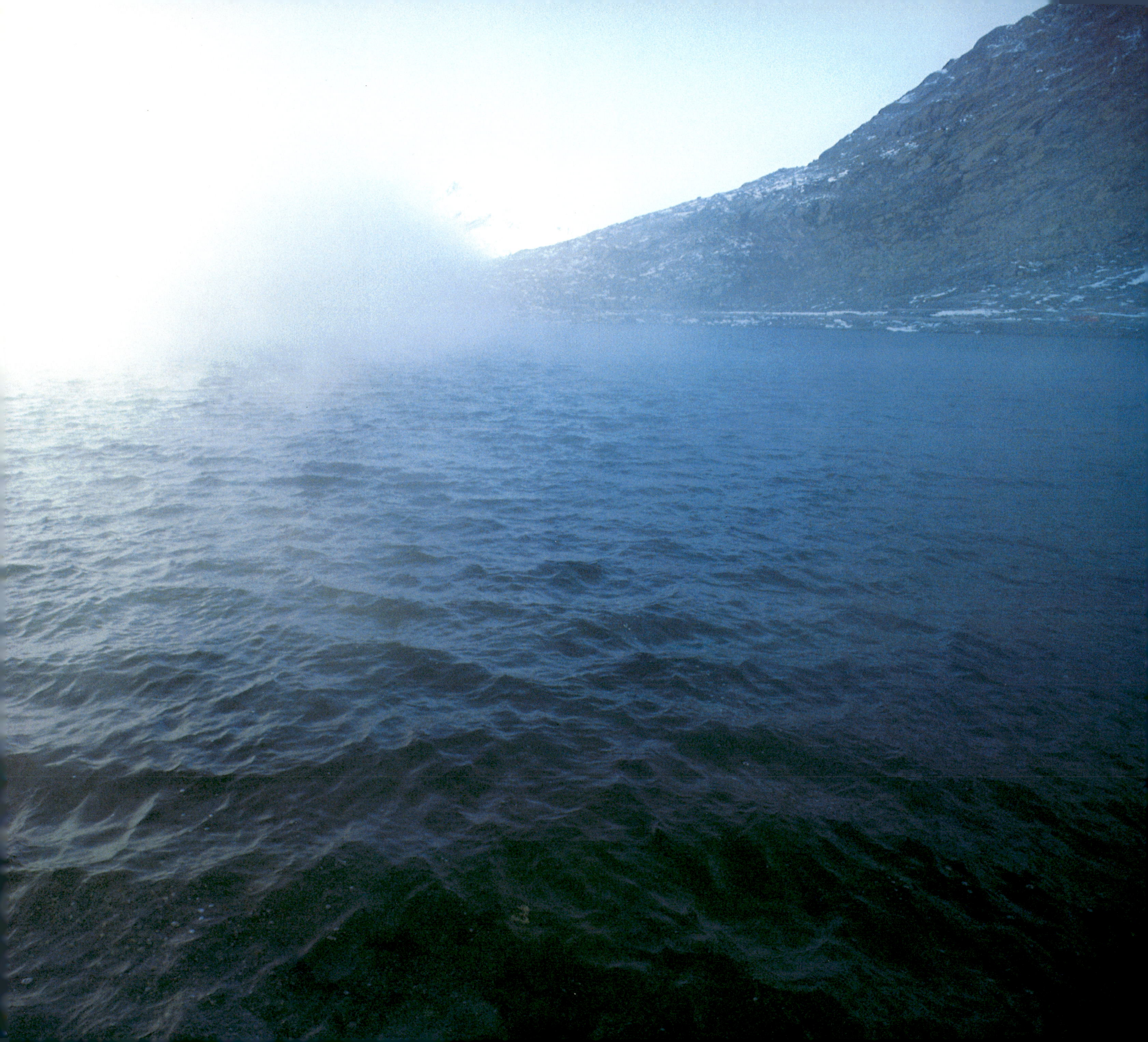

88 | 10.07.86 – 15:52

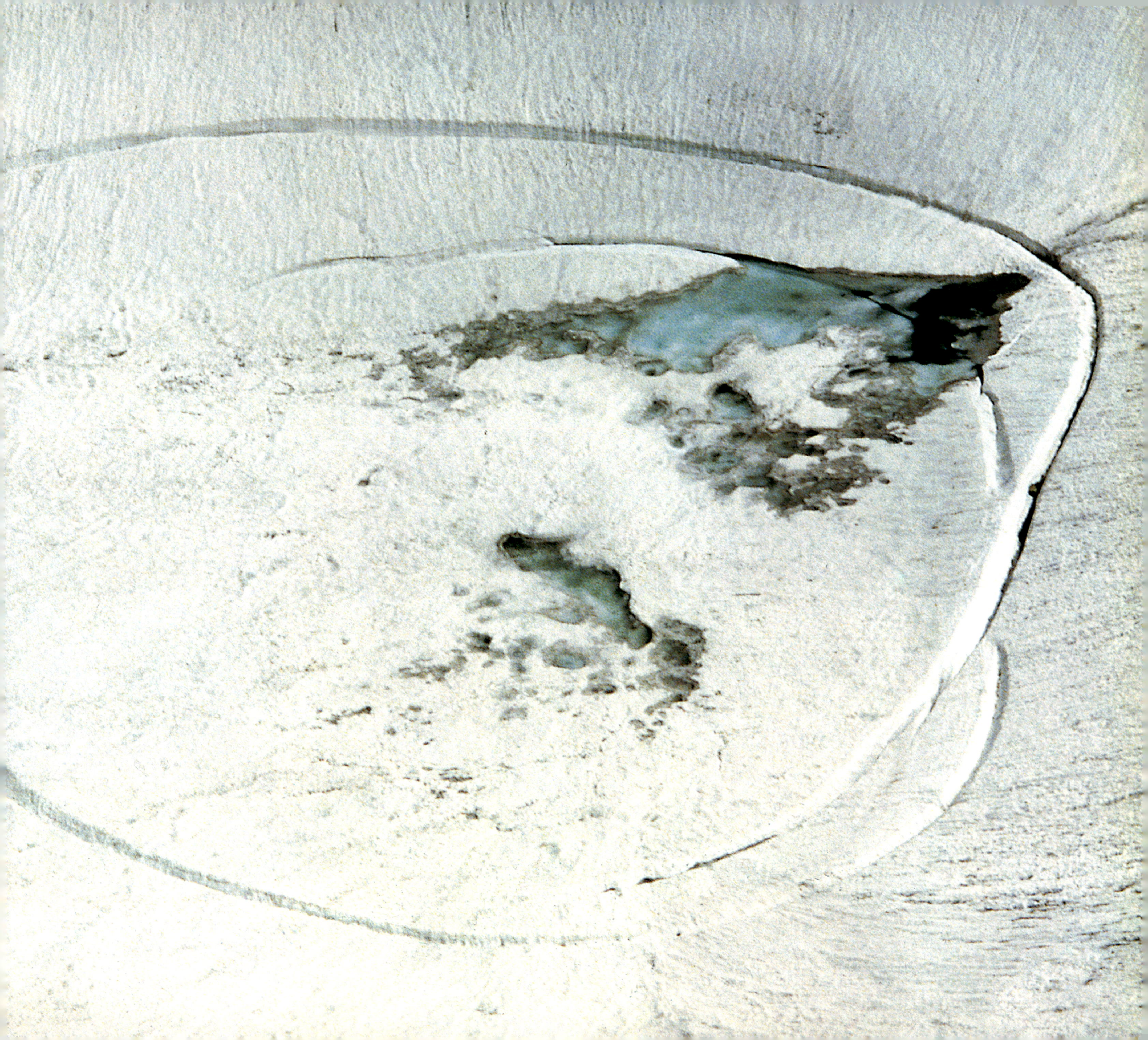

90 | 14.09.84 – 09:06

09.09.84 – 11:52 | 91

92 | 30.07.85 – 06:58

17.07.85 — 20:44 | 93

11.04.87 — 07:36

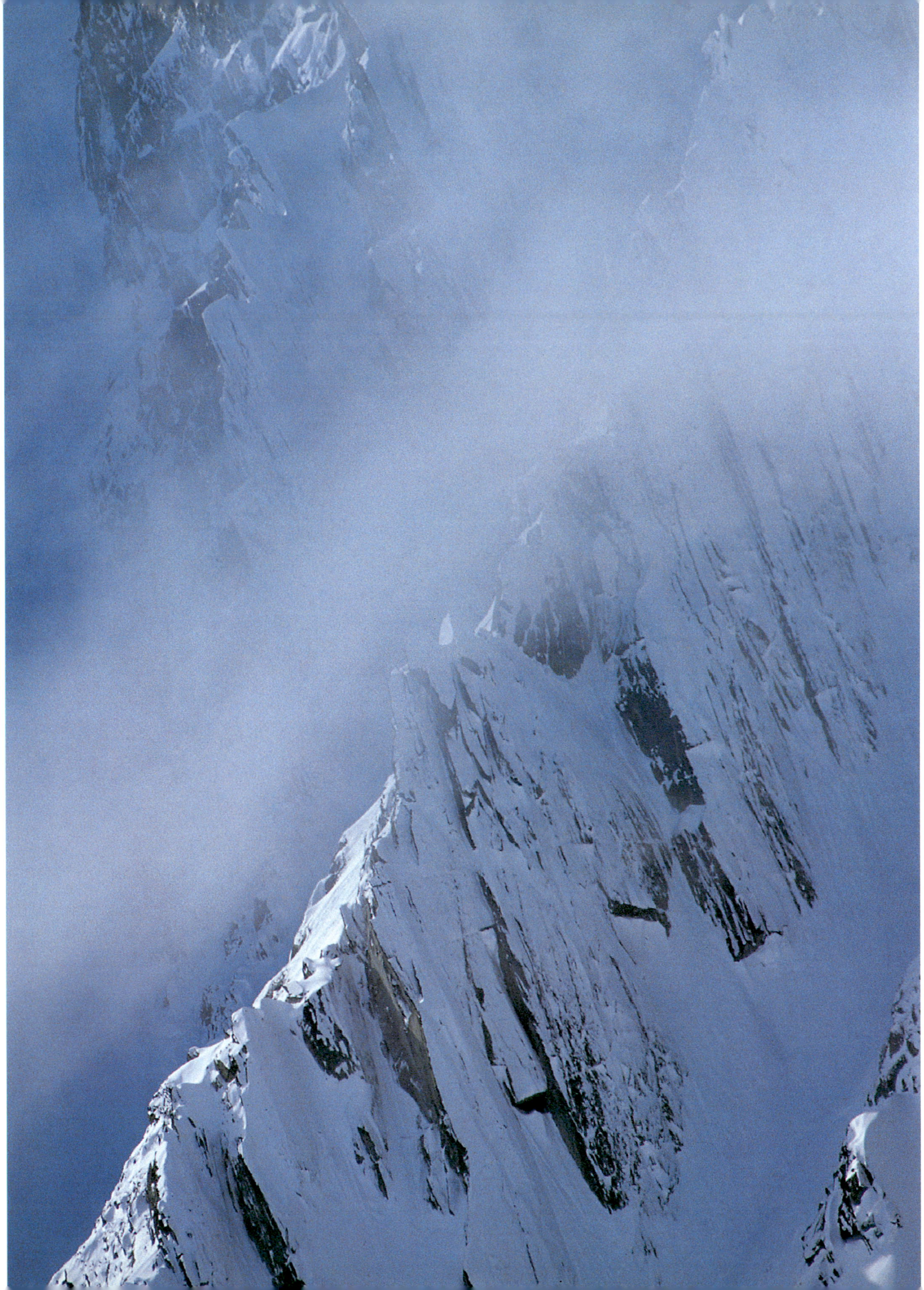

21.08.88 — 08:00 | 97

98 | 07.09.88 — 07:30

28.07.88 — 07:15

20.02.87 – 11:20

14.01.84 – 08:30

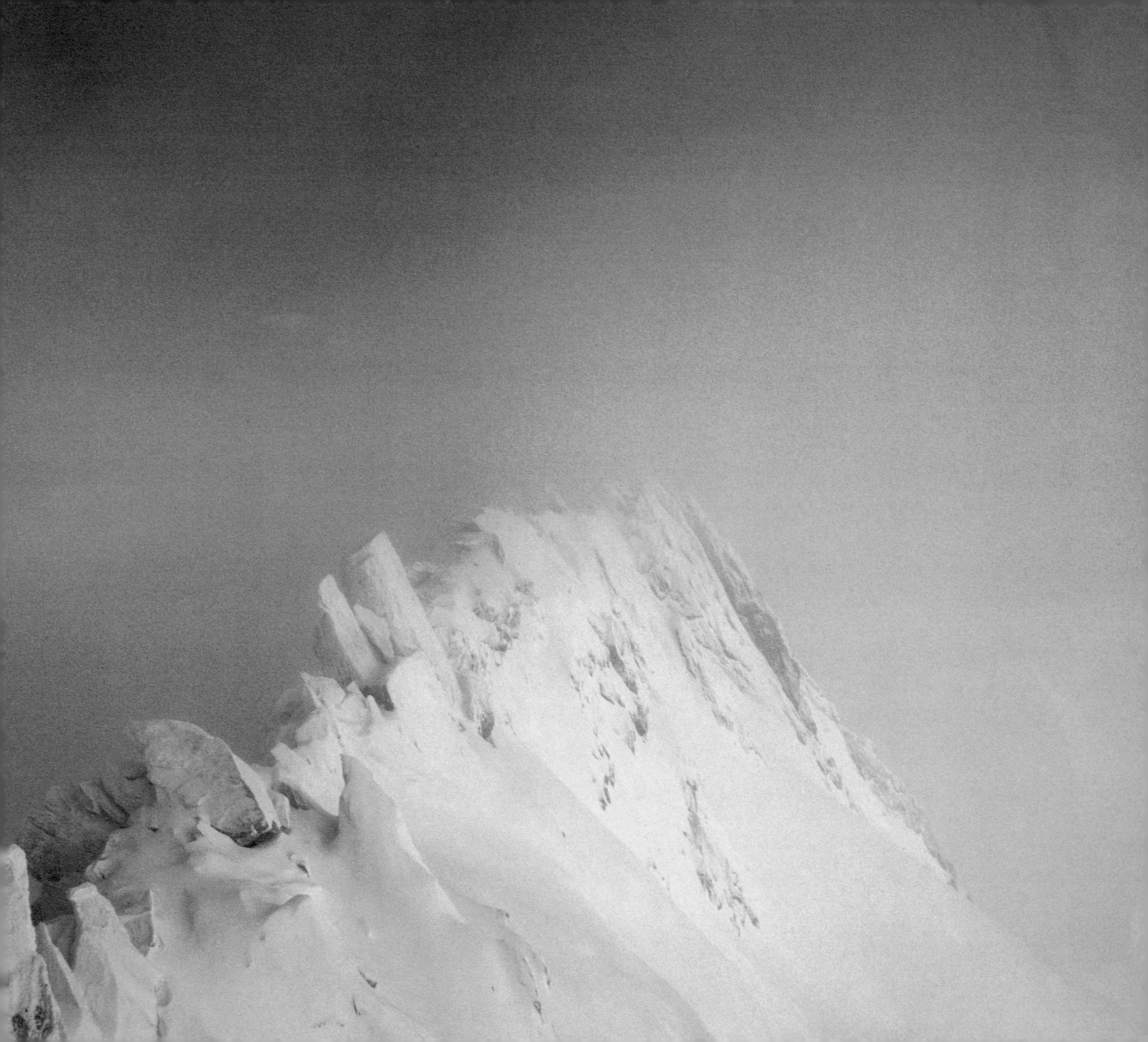

11.09.84 – 10:45

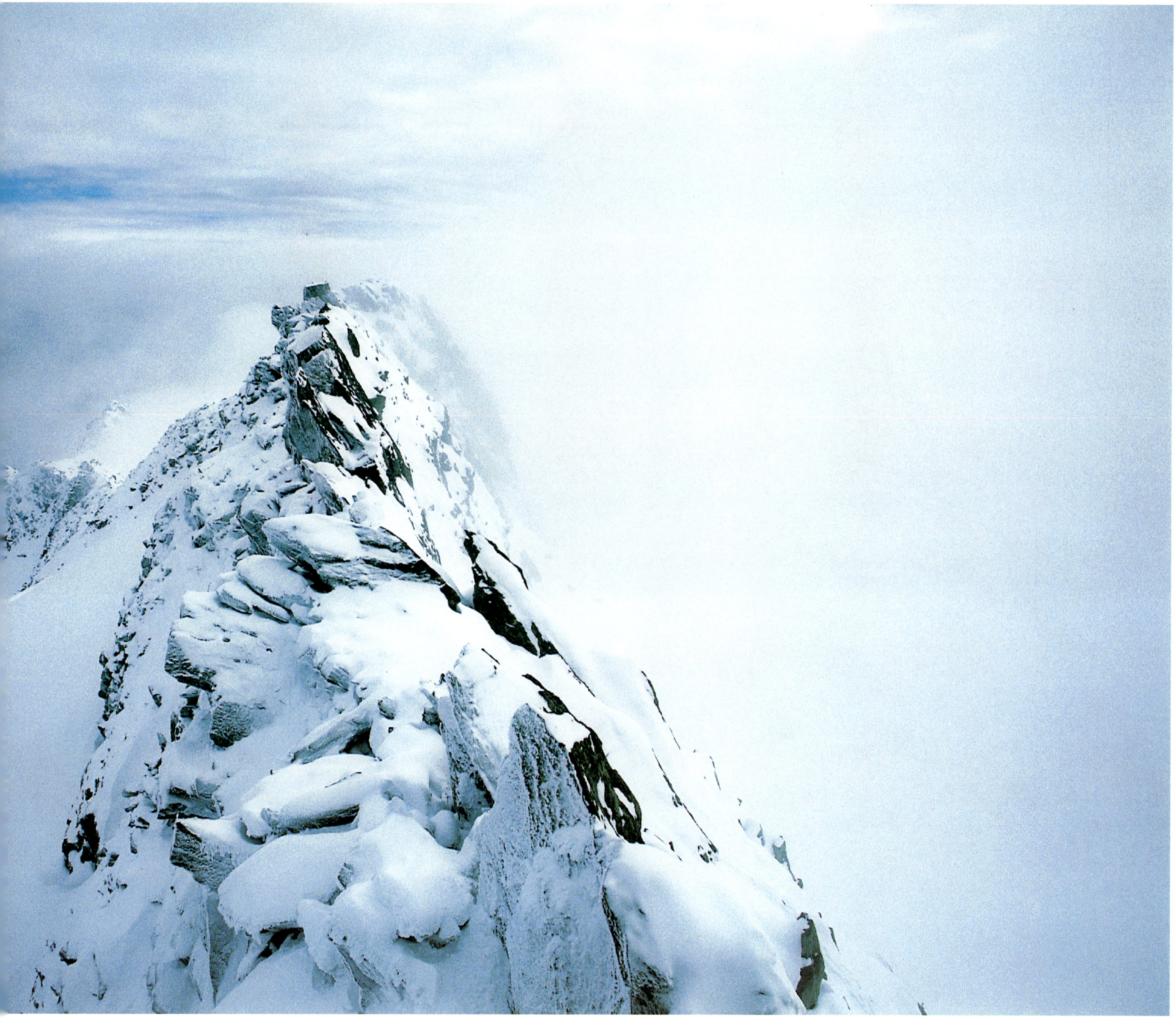

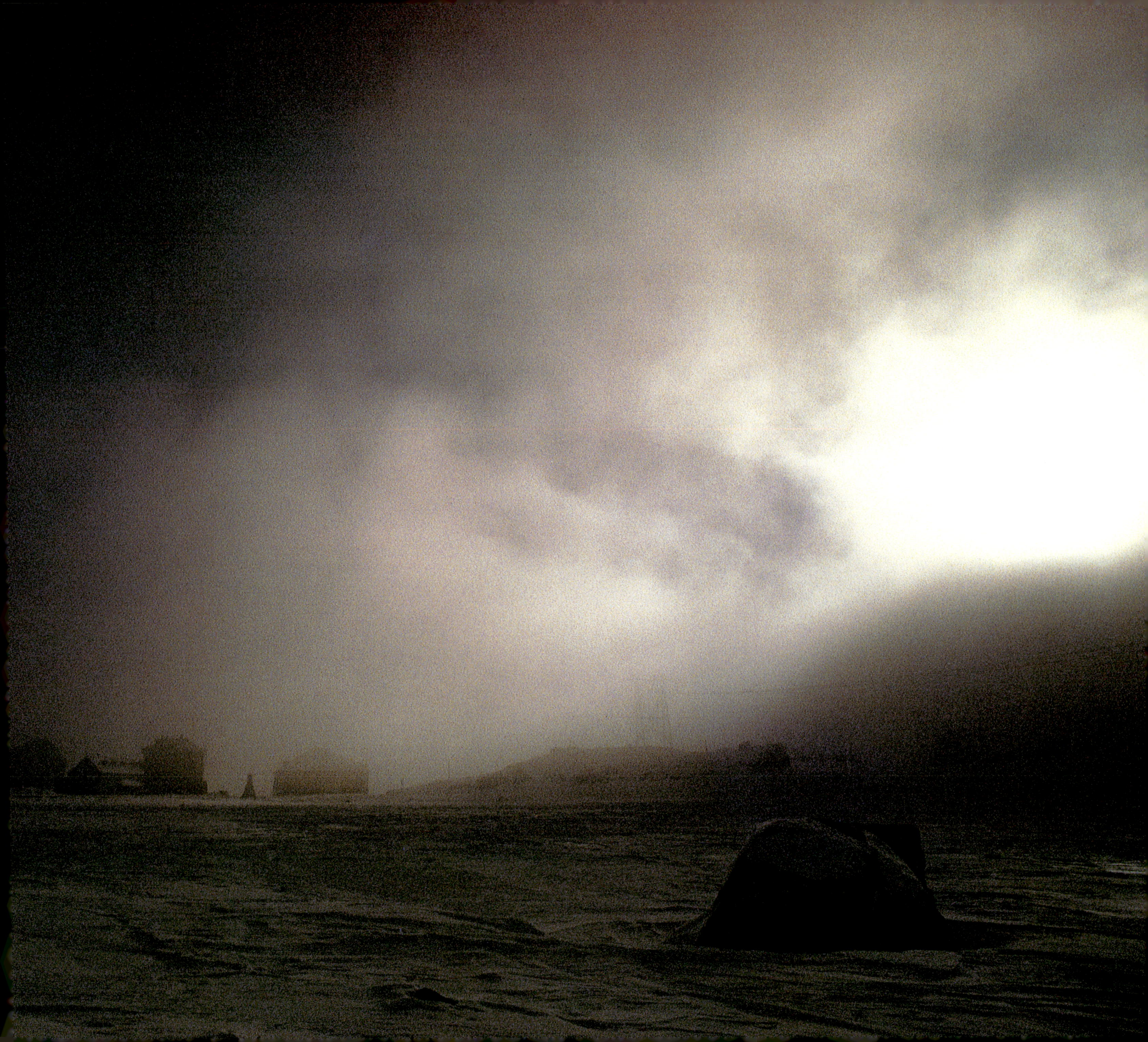

19.12.85 — 14:29

110 | 21.08.88 – 08:15

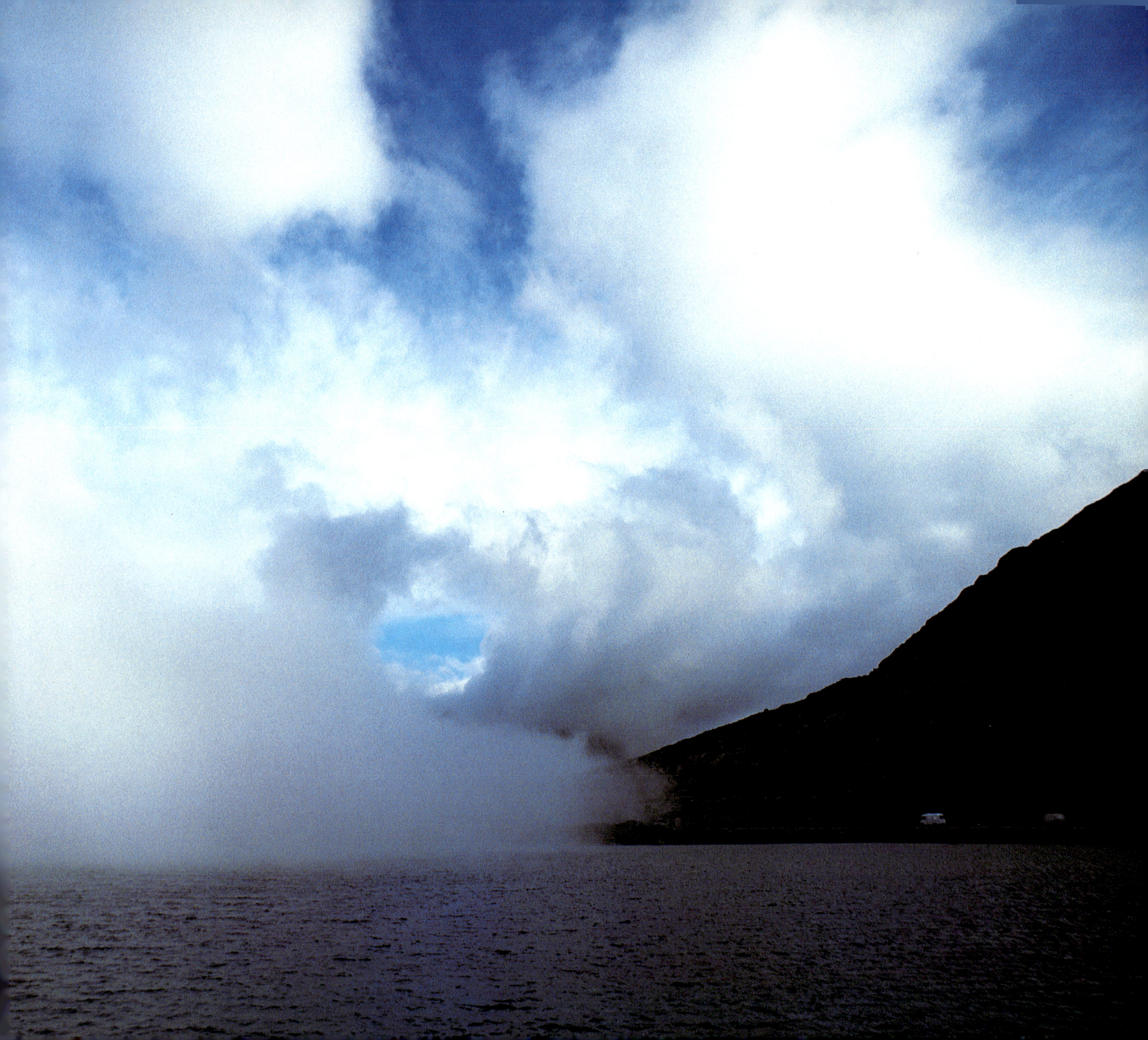

112 | 03.02.87 – 08:15

05.04.87 – 12:19

114 | 31.03.86 – 19:37

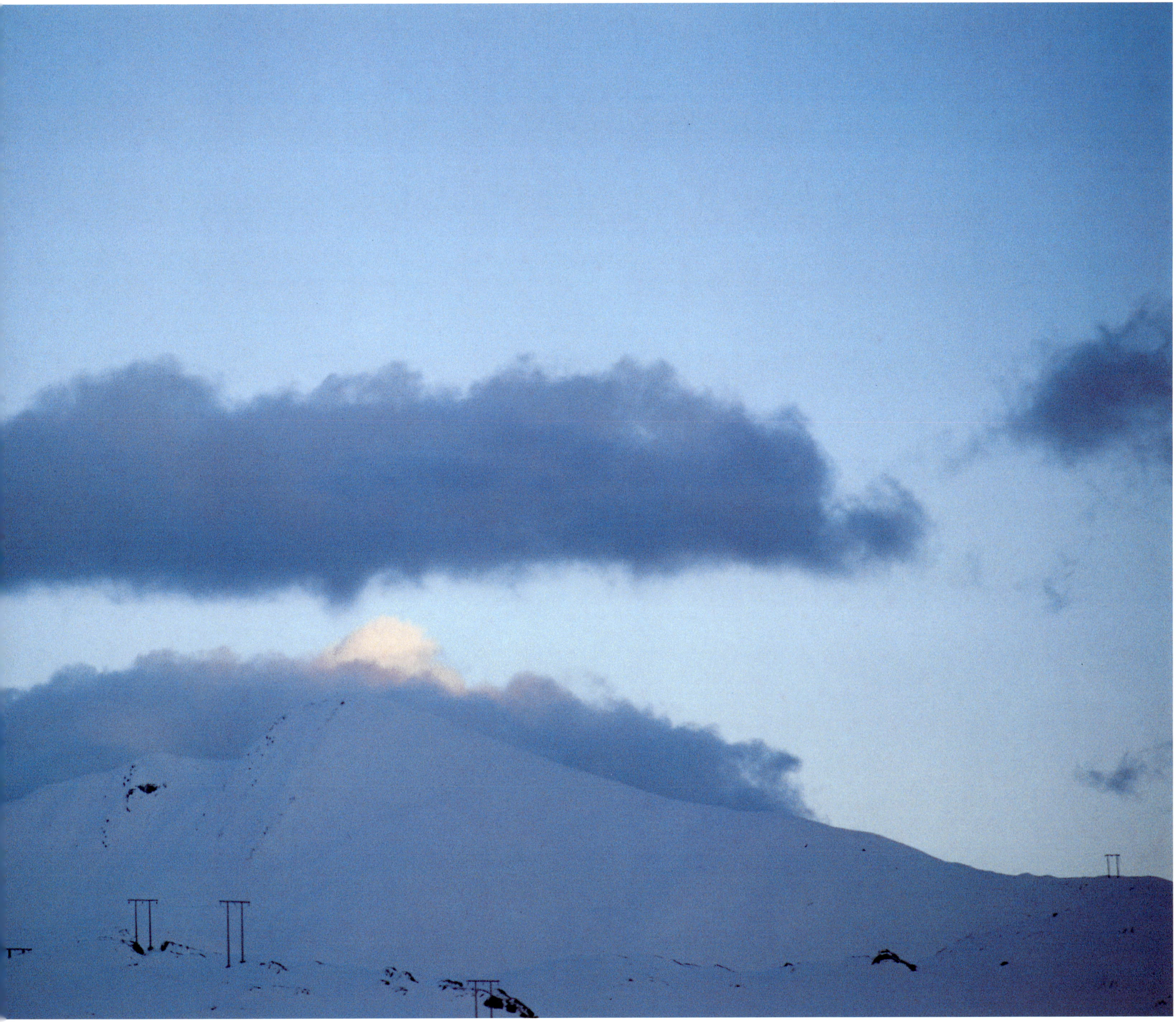

08.05.86 — 17:55

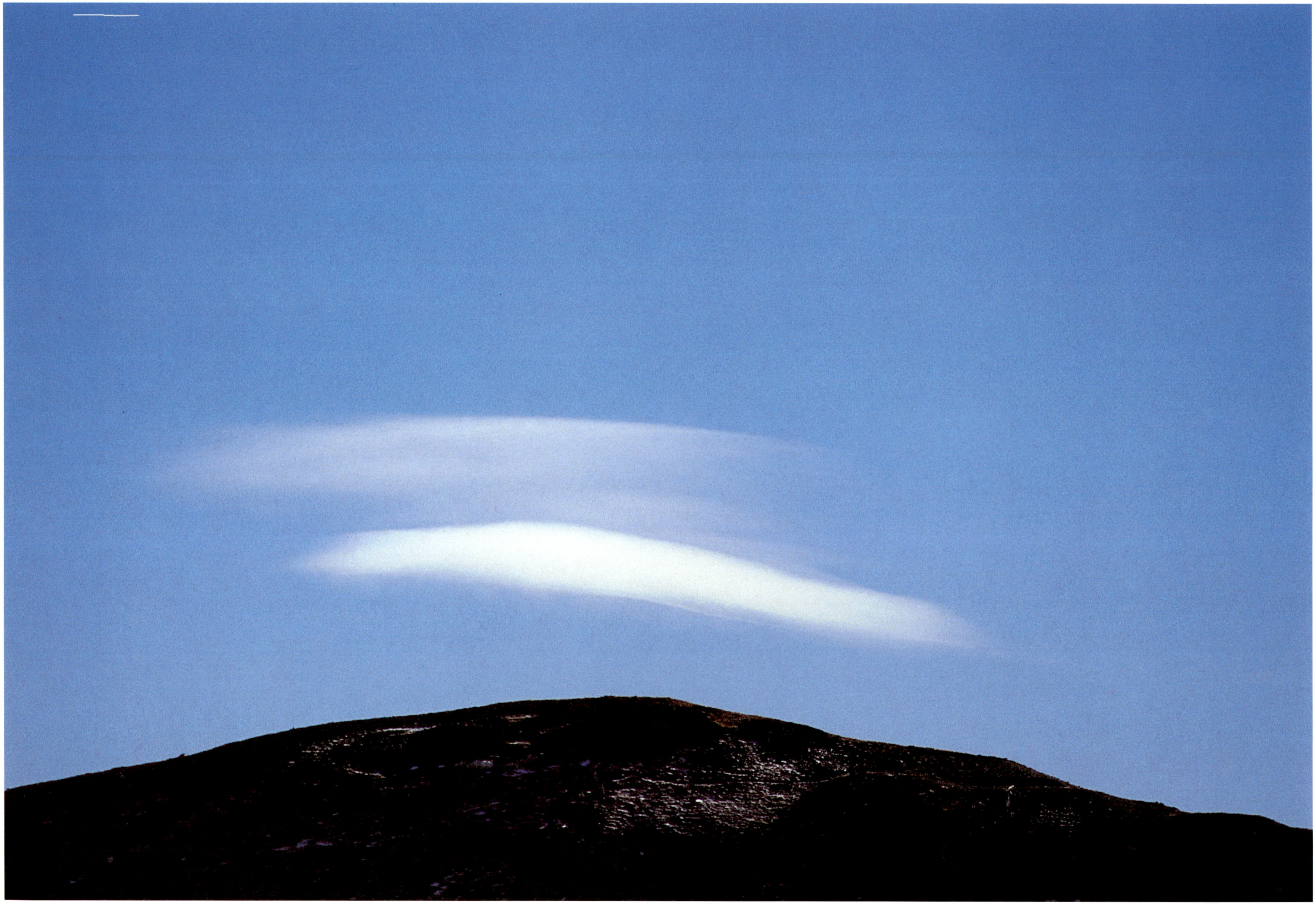

09.01.87 – 08:44

120 | 14.07.85 – 20:48

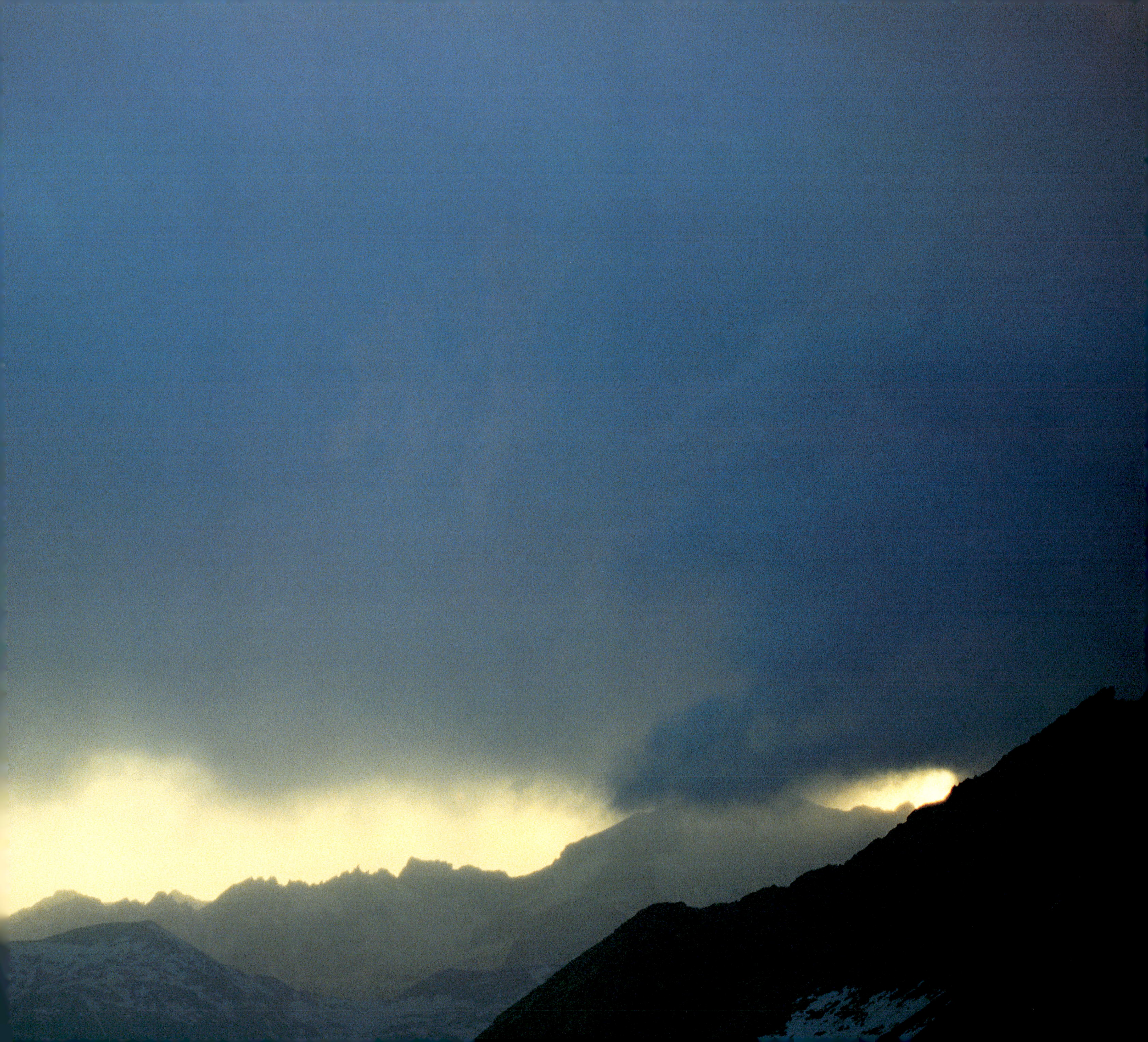

122 | 13.08.85 – 20:30

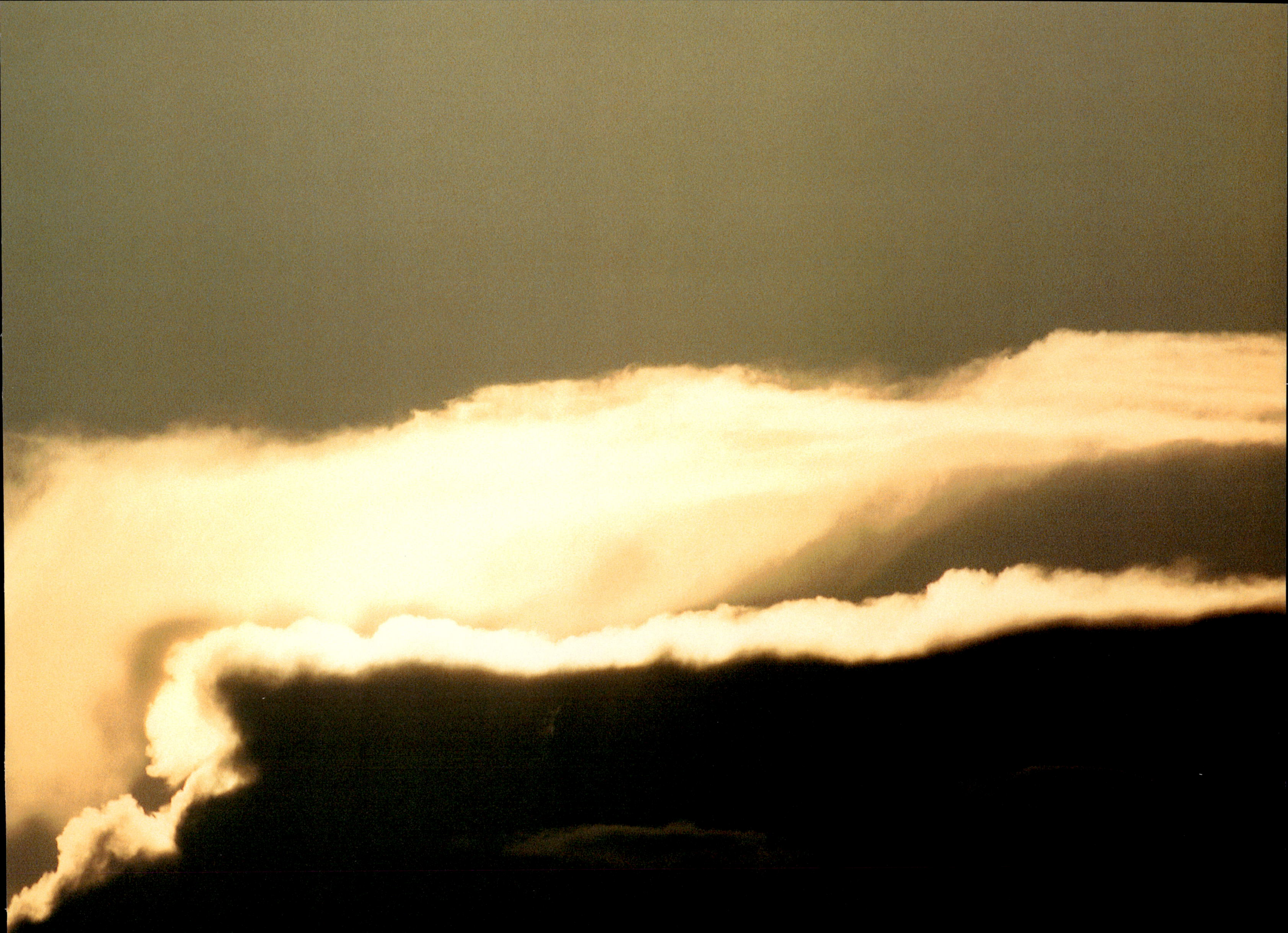

14.01.89 — 17:16 | **125**

10.08.89 – 20:00

13.07.90 — 14:10 | **127**

128 | 12.10.85 – 17:48

28.08.89 — 15:30 | **129**

130 | 21.12.85 – 16:33

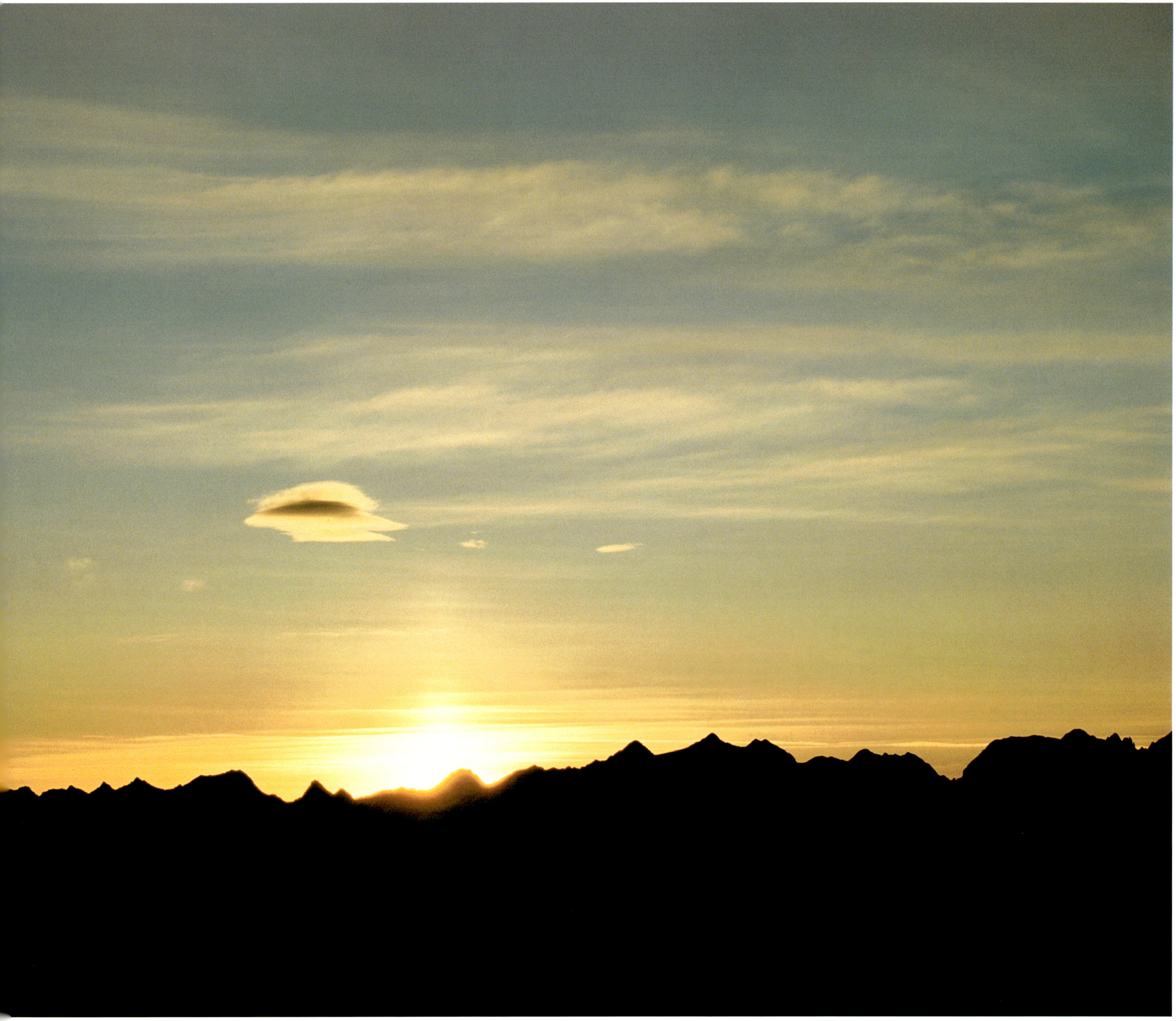

14.01.89 – 15:40

13.08.85 — 20:53 | 133

14.01.89 – 17:40 | **135**

21.07.85 – 20:50

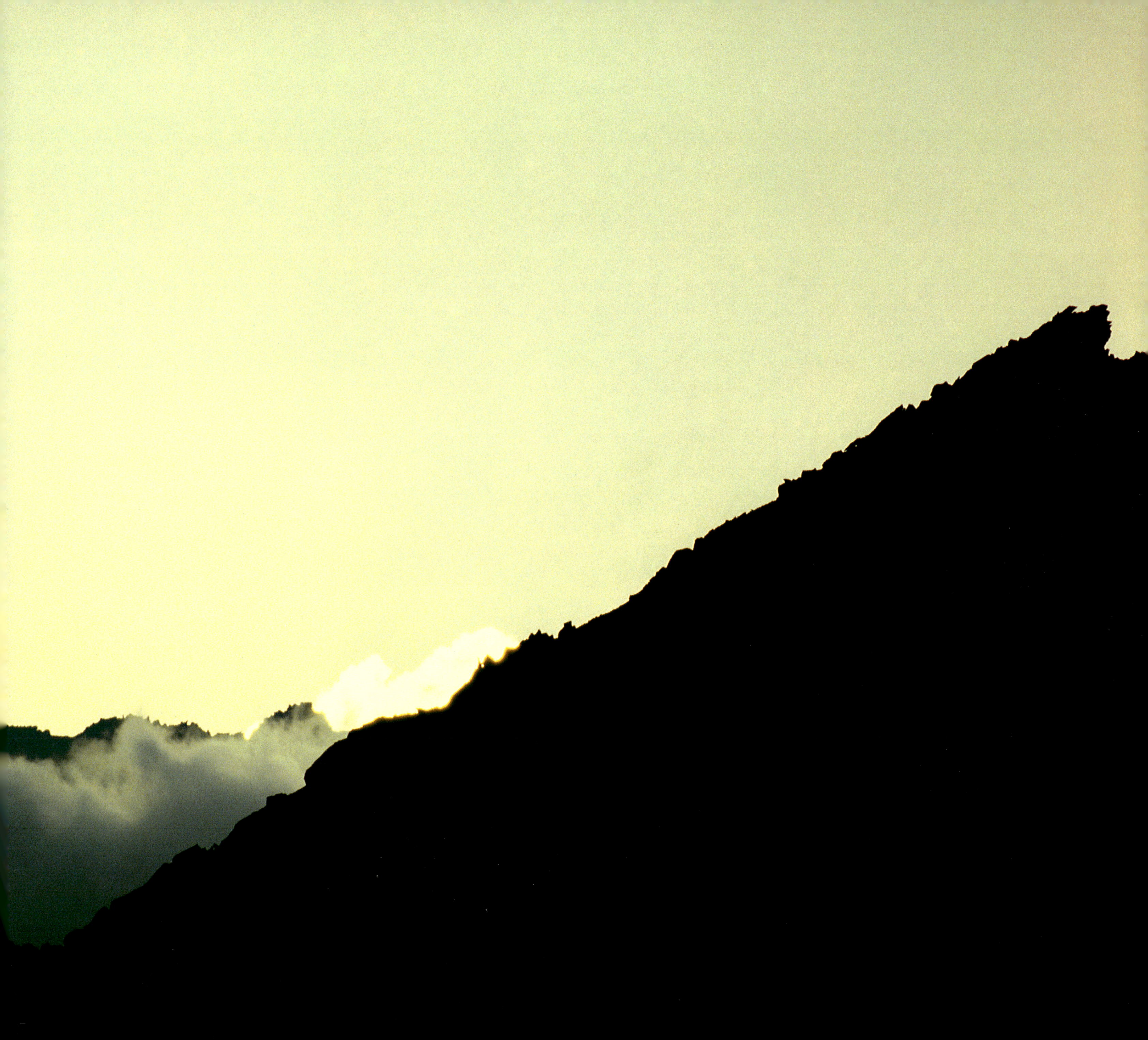

138 | 04.08.90 – 20:20

04.08.90 — 20:36

140 | 19.08.90 – 07:00

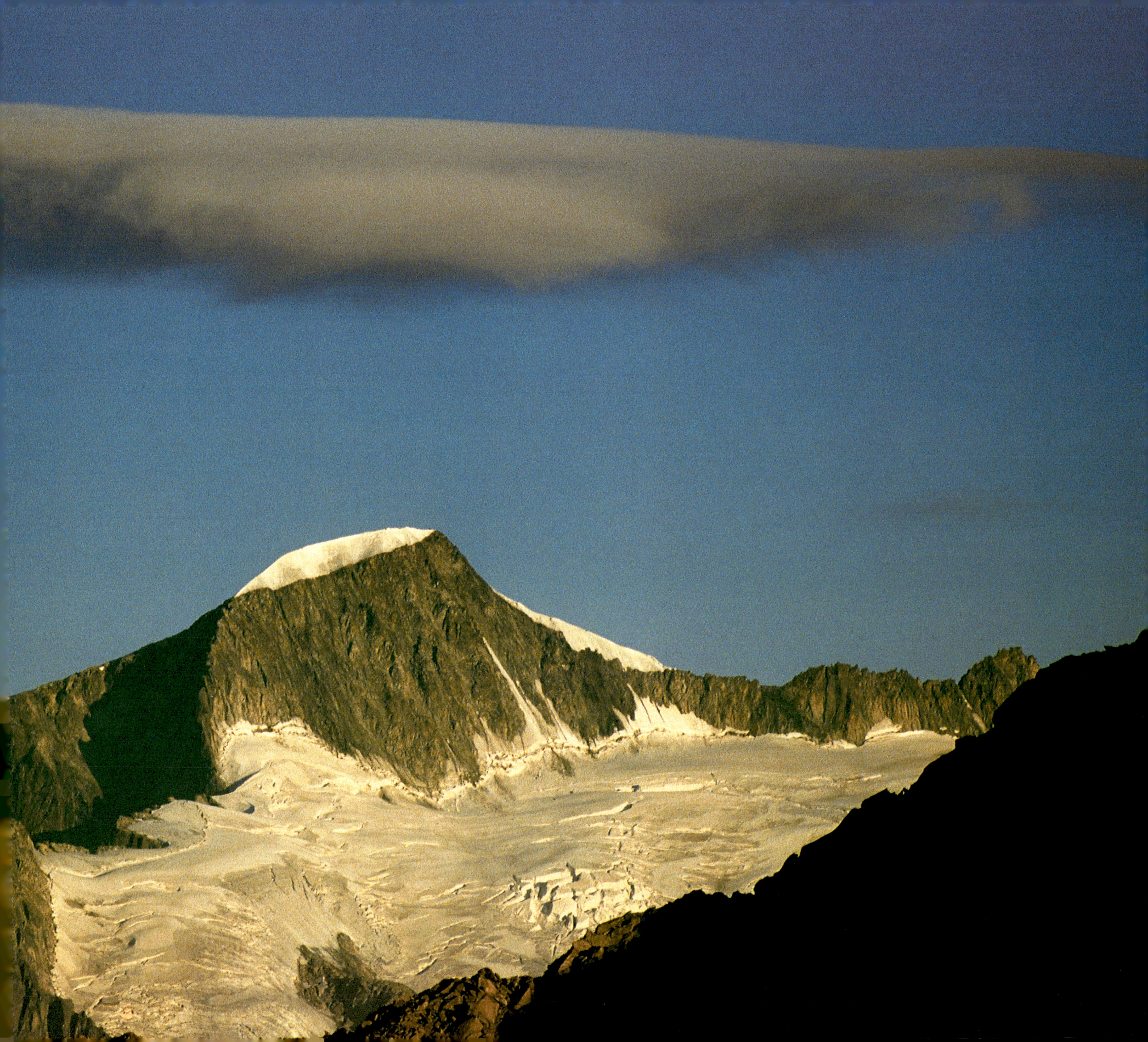

142 | 31.07.85 – 20:16

05.08.93 — 17:10

02.11.89 — 09:50

146 | 12.01.89 – 15:15

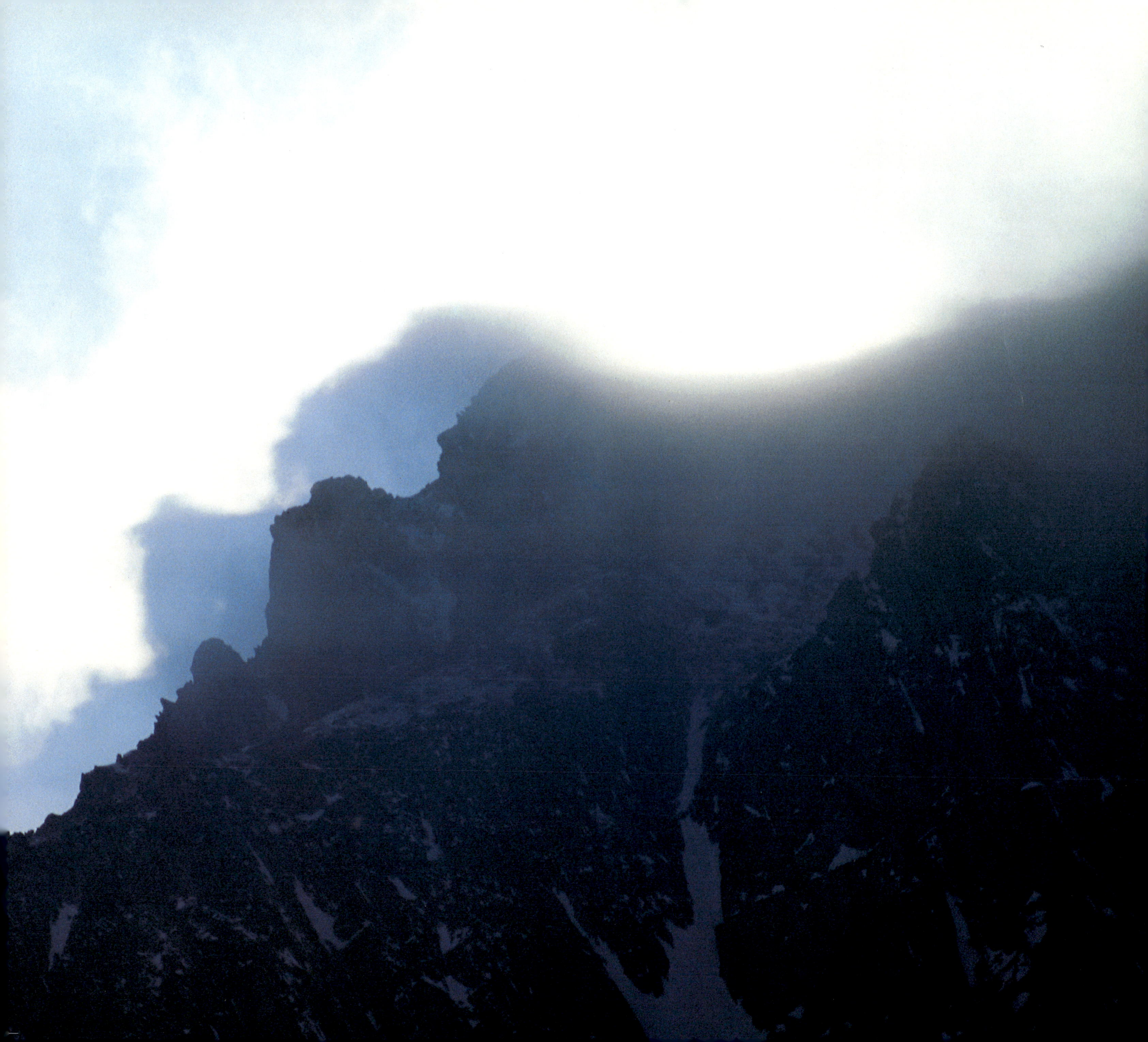

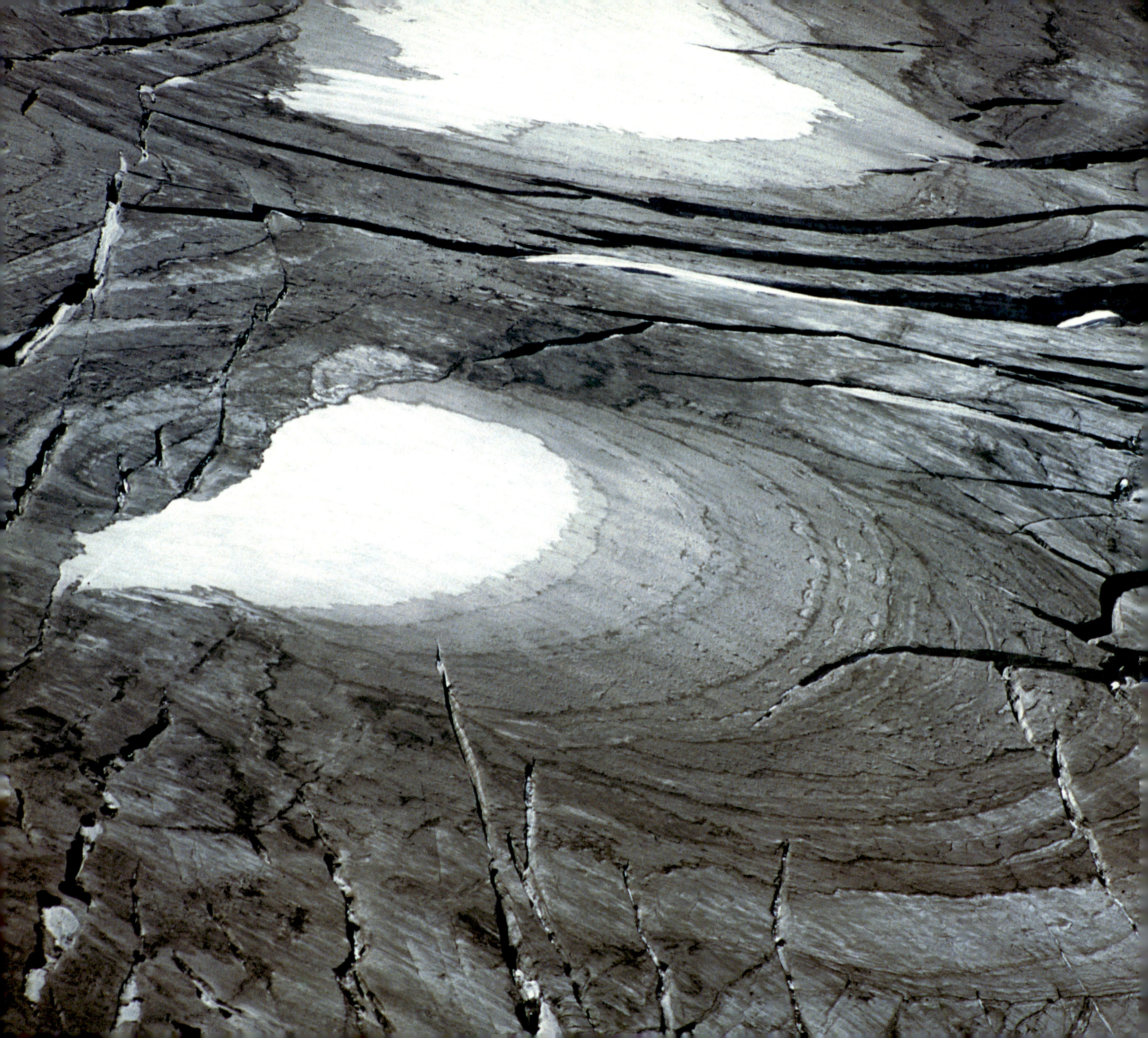

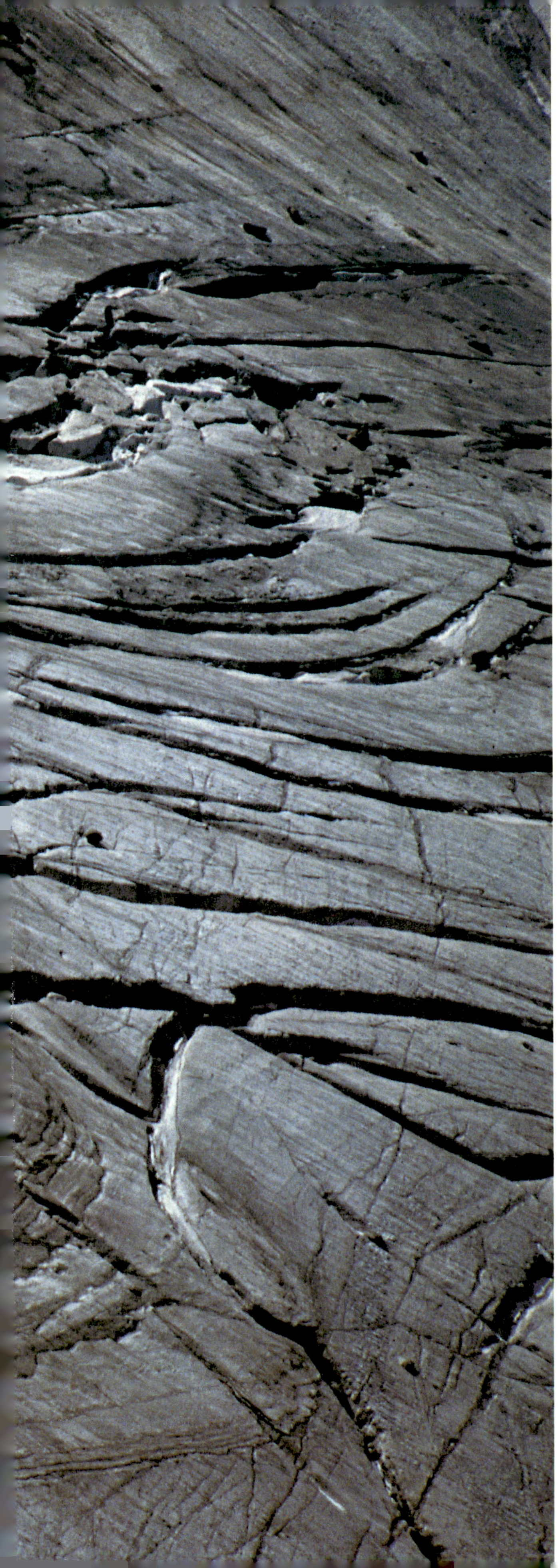

Jean Odermatt
Über meine Arbeit

Es gibt Landschaften, die einem begegnen wie Persönlichkeiten. Sie üben eine magische Anziehungskraft aus und sind doch nicht faßbar. Weder physische Anstrengung noch historische oder kartografische Vermessung können das Geheimnis der Faszination ergründen.

In der Kindheit entstehen eigensinnige Bündnisse. Grenzen sind noch fließend, Unbekanntes bekannt. Die Berge meiner Kindheit am schweizerischen Vierwaldstättersee trugen nicht nur Namen und Gesichter, sie wurden zu meinen ersten Gesprächspartnern, zu Bildern, die sich mir einprägten und mich nie mehr losließen. Als Berge waren sie nicht riesig, doch sie trugen gewichtige Namen: Pilatus, Rigi. Dahinter lockte alsbald ein Name, der eine noch größere Anziehung auf mich ausübte: Gotthard. Kein Name eines Berges zwar, keine spezifische oder eindrückliche Horizontlinie, aber eine Gegend, die mich allmählich mehr als alles andere anzog, mich leitete, wie der magnetische Nordpol die Kompaßnadel.

Gotthard: Hinter diesem Namen verbirgt sich keine intakte, keine ideale Landschaft. Der Gotthard ist zerfurcht von Straßen, militärischen Anlagen, Lüftungsschächten des Straßentunnels, sirrenden Hochspannungsleitungen – und im Sommer bevölkert von Touristen. Keine abgeschiedene, unberührte Gebirgslandschaft, sondern die Alpenüberquerung schlechthin: die kürzeste Verbindung und die einzige, welche die Alpen entlang eines einzelnen Passes überquert.

Für die römischen Kaiser war der Gotthard noch der höchste Berg der Welt. Erst der deutsche Dichter Johann Wolfgang Goethe relativierte im 18. Jahrhundert diese Einschätzung: „Der Gotthard ist zwar nicht das höchste Gebirge der Schweiz, und in Savoyen übertrifft ihn der Montblanc an Höhe um sehr vieles; doch behauptet er den Rang eines königlichen Gebirges über alle anderen, weil die größten Gebirgsketten bei ihm zusammenlaufen und sich an ihn lehnen. ... So befindet man sich hier auf einem Kreuzpunkte, von dem aus Gebirge und Flüsse in alle vier Himmelsgegenden auslaufen."

Dieses historisch und mythisch überfrachtete Territorium inmitten der europäischen Alpen ist zu meinem Gegenüber, zum Ankerpunkt einer geistigen Auseinandersetzung geworden – und ist es geblieben. Es hat seine Position stets gehalten, während die meine sich wandelte: zuerst im Knabenwunsch, als Lokomotivführer diese Gegend mit den gegebenen technischen Mitteln zu bewältigen; später als Jugendlicher schmiedete ich, unterwegs zu einer Ingenieurausbildung in Tiefbau, unzählige Pläne, den Straßentunnel zu bauen, eine Vorstellung, die dann durch andere bald verwirklicht wurde. Danach eine abermalige Wandlung, erste Versuche, mich diesem Anziehungspunkt auf ganz andere Weise zu nähern: auf leisen Sohlen, stiller – aber auch ungewisser, weil mir für diese Art der Annäherung keine eingespielte Form mehr zur Verfügung stand.

Als ich 1983 zum ersten Mal eine Kamera in der Hand hielt, um die Purpurbögen des morgendlichen Himmels festzuhalten, ahnte ich, daß die Fotografie mein Medium sein könnte, um dem Rhythmus dieser Landschaft und ihres Himmels zu folgen. Was zuerst Intuition war, entwickelte sich zum Programm.

Seither verbringe ich Wochen und Monate, manchmal ganze Jahreszeiten in diesem Gebiet. An mehr als 500 Positionen im Gelände, das sich auf eine Fläche von rund 20x20 Quadratkilometern erstreckt, registriere ich seit 15 Jahren Steinformationen, Felsen, Horizonte, Gipfel und Zeichen der Zivilisation, registriere sie mit der Kamera wie der Segelflieger, der die Zielmarke umfliegt. Ich mache Notizen und verzeichne die Zeit. Jede meiner Fotografien ist identifizierbar über die Zeit, zu der sie aufgenommen wurde.

Bis Ende 1996 sind an verschiedensten Standorten über 180 000 Aufnahmen entstanden. Es gibt keine Position, von der ich heute sagen könnte, daß sich ihr bildnerisches Inventar erschöpft hätte. Es ist ein Prozeß, der mäandert.

Zahlreiche dieser Standorte liegen acht Monate im Jahr unter Schnee, sind kaum zugänglich und trotz der geringen räumlichen Distanz Tagesreisen voneinander entfernt. Von Oktober bis Juni ist das Gebiet von der übrigen Zivilisation abgeschlossen. Seit mehr als 50 Jahren kommt nur der Staudammwärter alle 14 Tage zur Kontrolle der Staudammanlagen, und – wenn die Wetterprognosen einige Tage schönes Wetter verheißen – die Männer vom Festungswachtkorps.

Bereits vor der Zeit, als ich begann, mich auch winters auf diese Landschaft einzulassen, entstand der Wunsch, präsent zu sein im Gelände, mit einer automatischen Kamera Aufnahmen zu machen. Der Zug der Wolken, die südlichen Horizontlinien sollten im Zentrum stehen. Die Suche nach geeigneten Standorten, nach entsprechenden Aufnahmetechniken dauerte mehr als ein Jahr, der Versuchsbetrieb abermals mehrere Monate. Schließlich errichtete ich auf einer Höhe von fast 3000 Metern ü. M. nördlich der kontinentalen Wasserscheide (Alpensüd- und -nordseite) eine Station mit einer automatischen Kamera: eine Maschine, die den Schneestürmen und den Temperaturdifferenzen von manchmal bis zu 100 Grad Celsius innerhalb weniger Stunden widerstehen konnte.

Niemand konnte meine Obsession nachvollziehen, und auf die Frage nach den Gründen meines Tuns antworte ich stets, es sei für die Wetterforschung. Jedermann war darob beruhigt und ließ weiteres Fragen bleiben.

Der Himmel ist eine Größe, die mir jeden Tag vermittelt, was wesentlich ist. In den Städten ist der Himmel nicht mehr sichtbar, die Skylines der technischen Errungenschaften haben sich an seine Stelle gesetzt, und die Sehnsüchte sind aus ihnen entlassen.

Der Blick hinaus in den Himmel, hinaus ins Firmament, hat mich stets wieder mit den eigenen Sehnsüchten verbündet, mir die Gewißheit vermittelt, in einem Bezug zu stehen, Anteil zu nehmen.

Das Firmament ist das Urbild der Schrift, wie schon Paracelsus bemerkte.

" Unmerklich reiht sich Tag an Tag.
Die zyklische Zeit fördert behutsam das Wesen der Welt zutage,
macht die Spuren des Wachstums sichtbar,
das Glatterwerden des Steins im Winde,
die Zeichen des Alterns im Gras,
das Siegel der Patina der Zeit.

Aus meinem Tagebuch

14.07.85 – Ich beschrifte die Klebeetiketten mit den genauen Uhrzeiten für die Fotoserien des letzten Monats; es donnert unvermittelt. Im Westen zieht rasch eine Gewitterfront auf.

Um 19:00 stand die Sonne noch wolkenlos am Himmel, immer noch sehr heiß, alle Horizonte im Dunst und jetzt um 19:45 ist alles Licht plötzlich weg. Ein Übergang wie in der Wüste. Unvermittelt ist es sehr kühl, rasch vom Leibchen in die Winterjacke. Über Furka/Urseren zieht ein Gewitter auf, ein Ast zieht nach Süden ins Bedretto. Der Pizzo Canariscio bleibt eine Insel; zwischendurch tropft es. Im Westen danach langsame Aufhellung, ein schmales rötlich-gelbes Band zwischen Finsteraarhorn und Galenstock. Um zehn vor neun geht die Sonne links vom Monte Prosa unter. Über dem Basodino entsteht wieder ein rosaroter Flügel, der Wolkenherd, der sich von der Maggia über Tenchia in die Leventina ausbreitet, hat ballonförmige Säcke, der Himmel sieht aus wie das Innere eines Gedärms. Die Regentropfen haben den Linsen der Kamera zugesetzt, zudem ist alles Filmmaterial ausgegangen. Ich springe im Laufschritt zur Hütte hinunter und komme ziemlich entkräftet mit neuem Material wieder oben an. Das Schauspiel ist außerordentlich. Die verschiedensten Himmel werden sichtbar. Über dem Bedrettotal gelblich (nach dem Gewitter), ein kleiner Strahlenfächer (einseitig, links) hinter dem Prosa, das Grau und die in der Gegendämmerung fahlen, rot-gelben Wolkensäcke über der Leventina.

Erstmals habe ich aus der Distanz den Durchzug eines Gewitters beobachtet: die Vorläufer, die pfeilartig in alle Richtungen vorauseilen, dahinter der Block, der sich auftürmt (hier aus der Ferne zuerst noch oben von der Sonne beschienen), dann in Grau übergeht, und Koboldwolken, die sekundierend aufsteigen. Dahinter weitet sich wieder eine Helligkeit, als begänne der Tag von neuem, als wäre alles nur ein kurzer Zauber gewesen.

Bei Novalis lese ich: Wir träumen von Reisen durch das Weltall; ist denn das Weltall nicht in uns.

17.07.85 – Am Himmel schöne Einzelwolken auf knapp 4000 Metern. Stationär. Ruhen der Landschaft.

Gegen Abend, kurz vor halb sechs, tragen die Winde das Geheul der Fabriksirenen aus dem Tal den Berg hoch. Unvorstellbar, diese Form der Zeit. Wie sehr doch das Empfinden der Zeit und das Empfinden der Arbeit Geschwister sind.

21.07.85 – Strahlendes, fast herbstliches Licht; ich friere, obwohl die Sonne den ganzen Tag scheint. Sehr sehr windig. Eine Frau mit einem kleinen Mädchen kommt vorbei. Was soll aus all dem werden, kommentiert sie meine Arbeit. Wüßte ich es, stünde ich nicht hier.

Ich notiere: Wenn man die Form des Himmels betrachtet, kann man die Veränderung der Zeit erforschen.

22.07.85 – Mir scheint, es gibt einen Moment im Laufe des Tages, an dem der Nachmittag sich in den Abend hineinwandelt. Es ist etwas, das nur hörbar ist; unmerklich tönt die Landschaft anders, ist getragen von einer werdenden Stille, so wie sich auch das Licht hinzulegen beginnt, milder gestimmt ist.

23.07.85 – Die Sonne steht noch zwei Handflächen breit über dem Horizont. Nur über der Krete zwischen Finsteraarhorn und Galenstock ist Quellbewölkung. „Dämpfe für den Sonnenuntergang." Wenn ich in diesem milder werdenden Licht und der beginnenden abendlichen Ruhe in mich hineinhorche, so ist mir manchmal, als sähe ich meine Arbeit wachsen, als ob mir ihre Form von Ferne zuwinkte: Beschreibung und Umkreisung des Mittelpunktes.

24.07.85 – 22:00 Mond über Bedretto. Alles ist eine Frage des Himmels. Wie sich die Erde ausnimmt, wie sie erscheint. Die Wärme, die Kälte verändern die Hülle der Erde.

Je länger ich hier oben weile, um so mehr wachse ich in die Landschaft hinein. Ich sehe sie nicht mehr in ihren Einzelheiten, sondern mehr und mehr in ihrem großen Bogen.

Mircea Eliade: Du weißt nicht genau, worin diese großartige Farbe gewechselt hat, weißt nicht, welches Wunder dir jedesmal blüht, wenn du den Blick in die Höhe richtest und er sich in jener Leere von Azur und Sonne verliert.

26.07.85 – Eine Wandergruppe kommt die Krete hoch. Ihr Führer erklärt alle Gipfel rundherum, die Blicke der Gruppe folgen seiner Hand. Dann gehen sie alle außer Sichtweite und lagern sich, vertieft in ihren Proviant.

Der Nachmittag ist sehr heiß, zum Denken und Inspiriertsein nicht geeignet, nur zum Da-Sein.

29.07.85 – Blitze in der schon fast schneereifen Atmosphäre. Der Nebel hat sich aus den Niederungen entfernt, Wolkendecke auf 2600 Metern. Das Gewitter ist vorbeigezogen, noch leichter Regen, wieder Sicht, die Luft ausgewaschen.

30.07.85 – Gegen Abend fällt Schnee.

31.07.85 – Es ist ein Ungelände, in dem ich mich bewege, eine Chiffre für ein Hindernis, das es zu bewältigen gilt. Tausend Meter tiefer unter mir sind Hunderte von TV-Kameras und Hinweisschilder installiert; die Meßstellen im Gotthard-Straßentunnel haben eine perfekte, in sich geschlossene Welt geschaffen. Jedesmal, wenn ich durch den Tunnel fahre, stelle ich mir die Landschaft darüber vor. Hinter jeder Kilometeranzeige ein Horizont, der sich darüber erhebt, ein Stein; bei Kilometer 2,7 in südlicher Fahrtrichtung stelle ich mir immer die Quelle vor, die oben aus dem Fels schießt.

02.08.85 – Brauchte es eines weiteren Beweises für die Unfruchtbarkeit und Bedeutungslosigkeit des Geländes? Es gleicht einem verlassenen Schlachtfeld: Tausende von Granatsplittern, abgerissene Handgranatenfäuste, leere Hülsen. Das Gelände ist in militärische Übungszonen eingeteilt, nach Zahlen gruppiert. Wer hinein will, muß auf der Paßhöhe zuerst auf einer Tafel überprüfen, ob die entsprechende Zone zur Zeit freigehalten ist.

06.08.85 – Wieder auf der Abdachung der Steinhütte oben auf dem Canariscio, hin und her. Es wird kälter, das Frieren wird sich häufen. Diese stete Ungewißheit gegenüber meinem Versuch, mich diesen Landschaftsprozessen ohne Anfang und Ende auszusetzen.

12.08.85 – Der ganze Ort mutet an wie eine Vorstufe zum Fliegen. Ich träume entlang jener Linien, an denen die Erde sich zum Himmel anhebt.

16.08.85 – Größtmögliche Vielfalt bei strenger Beachtung der thematischen Einheit (Variationen eines Themas bei Johann Sebastian Bach).

18.08.85 – Nicht einzelne Arbeiten, Techniken, sondern Schichten: die Eingrenzung, Bezeichnung des Raumes draußen – die Phantasien, die sich im Raum entzünden, ähnlich den Sagen, die sich dem Älpler in seiner Einsamkeit einstellen. Die ganze Arbeit selbst ein Gebirge, ein Kern, aus dem alles herauswächst.

22.08.85 – Versuche mit dem neuen Kasten für die automatische Kamera drüben auf dem Gemsstock auf 3000 Meter ü. M. Habe beim Maßnehmen vergessen, die Dimensionen des Fensterprofils einzuplanen. Mit der Trennscheibe komme ich nur schlecht voran, wahrscheinlich hilft nur der Schweißbrenner. Zudem knistert es überall, aus dem Süden macht sich ein Gewitter bemerkbar, die Luft ist so geladen, daß die Haare zu Berge stehen.

23.08.85 – Sitzung mit den Männern der Fondazione; ihr gehören die Gebäudeanlagen auf dem Paß. Die Stromversorgung für den Winter ist mitnichten sichergestellt; man muß sie zusammen mit dem Wasser für den Winterbetrieb neu installieren. Solche Nachrichten verängstigen mich: daß ein Detail nicht funktionieren könnte, ich fühle mich verunsichert wie bei einer Infektion, bei der sich alles zusammenzieht.

26.08.85 – Der Kollege aus dem Hauptort des Tales: Was versprichst du dir denn davon, einen ganzen Winter lang auf dem Berg zu bleiben? Ich will das alles weder beantworten noch wissen.

28.08.85 – Ich lese: Ich verändere mich ständig. Jeden Augenblick bin ich ein anderer. Ich bin da, wie eine Wolke da ist. Ist eine Wolke ein Mitglied des Himmels?

29.08.85 – Nochmals Besprechung Stromversorgung. Die ganze Übung beginnt gigantische Ausmaße anzunehmen. Die – für den Sommerbetrieb! – installierten Heizkörper verschlingen so viel Strom, daß wir mit einem Stromverbrauch rechnen müssen, der uns täglich auf über hundert Franken zu stehen kommen wird.

31.08.85 – Ich stelle mir den Winteralltag vor, die Züglerei etc., zweifle, ob ich all dem gewachsen bin. Die große Idee und dann die vielen kleinen Taten. Anfang Oktober werden Gabriela und ich im Gotthard-Hospiz einziehen. Mit der gesamten Habe aus dem Unterland. Und zwei Hunden.

01.09.85 – Gotthard – kein Name, eher eine Idee; Ursprungsort der Historie eines Landes, internationale Verkehrspassage, militärisches Zentrum. Alte, hehre Bildwelten, welche noch immer heutige Köpfe bevölkern. Ich sehe die Bilder der Großväter nicht mehr. Stattdessen weiche, fragile, sich aus der Erde (oder dem Himmel?) hervortastende neue Entwürfe.

Ich lese: ... was allen in die Kindheit scheint und worin noch niemand war: Heimat. Sind Orte der Kindheit nicht heilige Orte, weil sie für den betroffenen Menschen die Aura der individuellen Einmaligkeit haben? So entstanden auch die Heiligtümer.

Und so steigen jedem Menschen die Orte seiner Kindheit in der Erinnerung wieder auf, da sich mit ihnen Geschehnisse verbinden, die den Orten Einmaligkeit verleihen und sie gegenüber der übrigen Welt mit einem mythischen Siegel auszeichnen.

04.09.85 – Manchmal eine Empfindung, ein Antrieb, daneben aber auch Ratlosigkeit, wie diese Bilder aussehen können, nachdem alles schon durchforstet worden ist und mir nur die Empfindung, die Sehnsucht (aber auch: die Gewißheit) bleibt.

08.09.85 – Dichter Nebel, zwischendurch mit Regen, dann kurze Aufhellungen, Sonne auf Sorescia, dann wieder Nebel und Regen. Um halb zwölf bin ich auf dem Canariscio. Nebel und Regen, für einen kurzen Moment zeigt sich der See.

14.09.85 – Der Kaminfeger spiegelt den Kamin. Er scheint in Ordnung zu sein. Wir können den alten Specksteinofen aus dem 18. Jahrhundert in Betrieb nehmen. Seit 1945 hat niemand mehr hier oben überwintert, niemand mehr diesen Ofen genutzt. Kaum jemand mag sich noch daran erinnern, wie das damals war, als man noch mit Ochsen die Wege frei pfadete und den ganzen Winter über Passanten durchzogen.

Das ist alles vergessen. Uns erlaubt man nicht, jemanden zu beherbergen. Das ist gegen das Gesetz.

27.09.85 – Ein ruhiger Abend; ich mache einen neuen Standort aus – oberhalb eines Trümmerfeldes mit pfeilförmigem Gneis. Im Westen lichtet sich der Horizont, gelb-blaß, der übrige Himmel ist grau und ohne Licht.

03.10.85 – Winterliche Stimmung draußen, obwohl der Schnee nur noch spärlich liegt. Heftiger Wind.

08.10.85 – Schnee überzieht die Horizonte, eine schnurgerade Linie verläuft den Höhenlinien des Geländes entlang. Die Berge verlieren ihre Namen, werden Räume, entwickeln Gesichter.

22.10.85 – Nun sind alle abgereist, alle Gebäude leer. Der Paß ist noch nicht geschlossen: vereinzelt fahren Autos, manchmal auch ein riesiger Sattelschlepper, wohl mit gefährlichen Chemikalien, der den Straßentunnel nicht passieren darf.

Erst der Winter wird klar begrenzen, Eindeutigkeit bringen, ganz auf den Ort hier verpflichten.

30.10.85 – Draußen ist es finster, der Wind heult, wirbelt Schnee die Fenster hoch, aus denen japanische Zeichnungen werden. Landschaften und Wolken im Glas.

02.11.85 – Nach den Stürmen der vergangenen Nacht hat sich vor dem Haus eine riesige Schneedüne aufgetürmt. Sie erhebt sich bis zum ersten Stock. Dagegen ist die Passage an der Westseite praktisch schneefrei. Meine erste Erfahrung mit Wind im Winter, nachdem ich diese Kraft im Sommer schon unzählige Male oben auf dem Canariscio erlebt habe.

Den ganzen Vormittag fährt kein Auto mehr auf der Straße; der Paß muß geschlossen sein.

Habe versucht, den Windmesser wieder zu installieren. Schnee liegt nur spärlich am Boden, alles wird sogleich verweht. Der nadelfeine Wind, der mir ins Gesicht peitscht, macht die Arbeit zu einem mühsamen Unterfangen. Es kostet mich den ganzen Tag.

09.11.85 – Fernando Pessoa: Was wir sehen, ist nicht, was wir sehen, sondern das, was wir sind.

15.11.85 – Strahlendes Wetter; wieder vergeht der Tag in Windeseile.

20.11.85 – Wir warten, ob der Helikopter kommt und das versprochene Material (u. a. frische Lebensmittel) bringt. Doch es schneit, und die Decke über dem Unterland kann der Heli nicht durchstoßen.

Der Windmesser funktioniert jetzt, allerdings ohne Windrose.

24.11.85 – Am Morgen noch dichter Nebel. Erstmals Schnee, der nicht gleich von den Winden weggeblasen wird (ca. 20 Zentimeter Neuschnee). Langsam verschwinden Linien, Konturen. Der Weg auf den Canariscio ist verschwunden, die Steinpfähle entlang der Paßstraße werden immer kürzer. Am Abend waten wir auf die Paßhöhe. 300 Meter dahinter entdecken wir die Spur eines Skifahrers, der von Norden her aufgestiegen und hier offenbar wieder umgekehrt ist.

Ich lese: Die Menschen sind außerstande, in ihrer Beziehung zur Materie das Numinose zu erleben; sie können es höchstens in ästhetischer Hinsicht tun; für sie ist die Materie vor allem ein „Naturphänomen". In der Neuzeit ist die Kunst fast das einzige Medium, in dem die ästhetische Achtung vor der Natur überlebt hat.

25.11.85 – Strahlendes Wetter; Rundgang auf Skiern. Bereits kurz vor halb drei Uhr nachmittags verschwindet die Sonne hinter der Fibbia.

26.11.85 – Am Morgen wolkenlos. Die Festungswächter können die Straßen mit ihrem Pinzgauer noch befahren. Elio bringt Post.

Von Norden her zieht dann sehr rasch Bewölkung auf, der Himmel ist grau, erstmals Windböen. Am Abend leichter Schneefall. Bald ist Vollmond. Der Schnee reflektiert das nächtliche Licht, und so stehen die Berge riesig da.

01.12.85 – Wieder strahlendes Wetter, sehr warm, um 13:00 hat es 16 Grad (gleich warm wie zur selben Zeit in Athen und Rom, wie der Radiosprecher soeben meldet). Der Schnee beginnt zu schmelzen.

18.12.85 – Die Stürme lassen endlich nach. Ich sehe wieder. Aber trotz der vermeintlichen Schneehöhe liegt immer noch nicht richtig Schnee. Der Wind verweht alles wieder. Gibt es keinen richtigen Winter? Wir warten immer noch darauf; als hätten wir hier oben weniger Schnee als unten im Tal.

12.01.86 – Erstmals beginnt es, richtig zu schneien. Der Wind läßt richtige Verwehungen entstehen.

13.01.86 – Auch heute schneit es, ununterbrochen den ganzen Tag, begleitet von heftigen Winden (bisweilen bis 110 km/h). Die Haustüre läßt sich nicht mehr öffnen, sie ist von hohen Schneeverwehungen eingekeilt.

Weiterarbeit an den Dias. Ich bin jetzt bei Mitte August angelangt.

17.01.86 – Endlich legt sich der Wind. Ein erster Rundgang auf den Skiern wird möglich. Die jetzigen Verwehungen sind nun von ganz anderer Art als jene im Dezember: meterhoch, manchmal wunderlich verformt. Oft finde ich wunderschöne, vom Wind fein geschliffene Formen, Brocken im Gelände aus Schnee. Der Wind ist das eigentlich formende Element – eine Energie, die ich mir so vorher gar nicht vorstellen konnte.

So ein kleiner Rundgang benötigt den ganzen Tag, und noch habe ich erst einen Bruchteil meiner Positionen erreicht.

28.01.86 – Erst in der Arbeit am Leuchtpult kristallisieren sich Positionen heraus. Ich markiere Bildausschnitte neu. Wie lange es braucht, um zu einer richtigen Position zu gelangen, zu einem Bildausschnitt, der für Jahre hält!

08.02.86 – Wieder schönes Wetter. Gegen 13:00 taucht von Bolla her eine Patrouille der Festungswacht auf, bringt Post. Endlich wieder 35 entwickelte Filme. Um halb fünf, wie sie wieder ins Tal hinunterfahren, übergebe ich ihnen 25 neue Filme fürs Labor. Am Abend gehe ich auf dem Leuchtpult die neuen Bildserien durch. Ein Farbwechsel macht mich neugierig. Was bewegt sich in diesem Feld?

09.02.86 – Die bisher kälteste Nacht (20 Grad unter Null). Im Haus ist es um null Grad herum, in den ungeheizten Nordzimmern minus 10 Grad.

15.02.86 – Draußen starke Stürme, der Schnee rieselt durch alle Ritzen hindurch. Da der Wind diesmal von Süden her weht, sind die Verwehungen und Wirbel viel deutlicher. Die Windgeschwindigkeiten betragen wieder über 100 km/h.

23.02.86 – In einem Brief an einen Freund: Stillhalten in der Zeit ist die Ordnung der Dinge.

28.02.86 – Bedeckt, Schneefall. Unten im Tal sind bereits mehrere Lawinen niedergegangen, 50 Personen wurden evakuiert. Hier ist alles ruhig. Kurzer Rundgang. Große Schneeverwehungen.

Drinnen lese ich: Die Schneestürme blenden uns, um uns das Gehen zu lehren, das Gehen mit gesenktem Blick, den Schritt in den Fußstapfen des Vorderen. Es gibt keine Wege, nur die Fährten des Windes auf dem Schnee.

03.03.86 – Draußen ist es windstill. Es schneit unaufhörlich. Eigentlicher Winter.

04.03.86 – Mit den Skiern sinkt man einen halben Meter ein. Die Positionen sind immer schwieriger zu erreichen. Zeus und Hera, die beiden Hunde, haben Mühe, sich in diesen Massen noch bewegen zu können. Wie Fische pflügen sie sich durch die schneeverhangten Felder.

08.03.86 – Wir erwarten einen Helikopter, der Post bringt. Wir stampfen einen Platz vor, sehen die Maschine über uns kreisen, doch der aus Süden aufziehende Nebel wird stärker, der Heli verschwindet direkt über uns, an eine Landung ist nicht zu denken.

15.03.86 – Der äußeren Zeit bin ich gänzlich enthoben, die Zeit der Menschen dringt nicht an mich heran. Zeit wird äußerst konkret, physisch erfahrbar in der täglich wechselnden Witterung. Der Tag besteht nur aus dem, was sich zwischen Himmel und Erde ereignet – und aus meinem Tun dazwischen. Die Dias sammeln sich zu einer Art Agenda, nur daß nicht Termine, Personen und Themen darin stehen, sondern allein die sich laufend wandelnde Beschaffenheit des Raumes.

02.04.86 – Mein Aufenthalt im Gebirge ist meine Form von „Welt anhalten".

18.04.86 – Seit 15 Tagen sind wir in Weiß getaucht. Die Winde schieben die Schneeflocken quer vor sich hin. Fallen die Flocken oder fliegen sie?

Ein Gang nach draußen wird unmöglich: Die Tür läßt sich nicht öffnen, sie ist im Schnee festgeklemmt. Ab und zu lassen wir die Hunde durch das Fenster im ersten Stock hinaus, wo sie das Haus beinahe ebenerdig verlassen können. Der Schnee gefällt ihnen; sie graben sich ein und sehen nach kurzer Zeit wie Eisbären aus.

23.04.86 – Neuer Windrekord: 179 km/h.

29.04.86 – Pessoa: Zuweilen betrachte ich einen Stein. Ich denke nicht darüber nach, ob er fühlt. Ich nenne ihn nicht meinen Bruder. Aber ich liebe ihn, weil er eben ein Stein ist, ich liebe ihn, weil er nichts fühlt, ich liebe ihn, weil er mir nicht verwandt ist. Ein andermal lausch' ich dem Wind und meine, nur um dem Wind zu lauschen, lohnt es sich, auf die Welt zu kommen.

02.05.86 – Die zyklische Zeit fördert behutsam das Wesen der Welt zutage, macht die Spuren des Wachstums sichtbar, das Glatterwerden des Steins im Winde, die Zeichen des Alterns im Gras, das Siegel der Patina der Zeit.

03.05.86 – Über den Paß zieht eine neblige Kaltluftwalze aus dem Norden. Die Sonne versinkt um acht Uhr darin. Der Wind bläst kalt. Um Mitternacht werden Sterne sichtbar.

27.05.86 – Wie aus heiterem Himmel klopft es an der Tür zum Arbeitszimmer. Ich erschrecke. Draußen steht ein Portugiese; er will das Zimmer beziehen. Die Zeit ist vorbei. Das Personal für den Sommerbetrieb des Hospizrestaurants kehrt zurück, aus meinen verschiedenen Arbeitsräumen werden wieder Personalzimmer für Leute aus Österreich und Deutschland, aus der Schweiz, aus Portugal und Spanien.

Für vier Monate installieren sie sich mit Satellitenschüssel und Videorecordern. Bis der Schnee wieder zurückkehrt.

03.06.86 – Um elf Uhr wird die Paßstraße wieder geöffnet. Menschen in dünnen Schuhen bestaunen die hohen Schneewände, quietschen vergnügt, wenn sie Schneeklumpen formen und sie zwischen den Fingern zerkrümeln.

Für uns ist es Zeit, weiter zu ziehen. Der Ort bleibt als Idee.